U0079500

原書名：音樂・愛情・鼓浪嶼

遇見愛情島

余家安◎著

與浪漫相遇

從事文字創作工作的人，性格中大抵都有點關於浪漫與美的堅持，要能下筆成文的故事場景，若是不夠浪漫不夠美，別說說服不了讀者，就連自己這一關都很難通過。

而我何其幸運，找到了這樣一個適合書寫浪漫與美的地方——被譽為鋼琴之島、萬國建築博覽的海上花園鼓浪嶼。

鼓浪嶼位於中國的東南一隅，是座被碧海藍天簇擁著的翡翠小島。那裡有波濤騰躍於腳下，有琴聲迴盪於耳邊，無車馬喧囂，四處流動著花的甜香和葉的清香，四處可見錯落有致、風格各異的中西建築，猶如一道道流暢的音符，傾訴著歷史的滄桑。

翻開歷史的扉頁，鼓浪嶼不但培養了無數音樂家，更有不少藝術家選擇駐足長住創作，例如著名女詩人舒婷，書法家林英儀、高懷等人，更顯見鼓浪嶼迷人之處。

來到鼓浪嶼，隨時都得做好心理準備，也許一個拐彎、一個駐足，甚或一點點發呆沈思的片刻，便就此迷失在斑駁的歲月之中，或美麗的悵惘故事裡頭，久久不可自拔！

旅遊尚且如此，戀愛又將如何？

2009年的夏季，我在海這端的台北城，書寫著一段發生在海那端鼓浪嶼上的愛情故事，每每去到海邊，遠遠眺望著拍岸的浪潮，總覺得鼓浪嶼上的音樂聲就在耳邊縈繞不去，像極了戀人間纏綿的呢喃細語……再沒一個地方比鼓浪嶼更適合戀愛了吧?!

特別感謝出版社的總經理李錫東先生及總編何南輝先生，是他們提供了這樣一個浪漫的意見，讓我得以一窺鼓浪嶼的美好！

加入音樂元素的點綴之後，期待這個以書寫愛情為主的故事，能引出一點不同的張力與厚度。

準備好了嗎？且讓我們一起走進鼓浪嶼，與音樂相遇，與愛情相遇，與浪漫相遇！

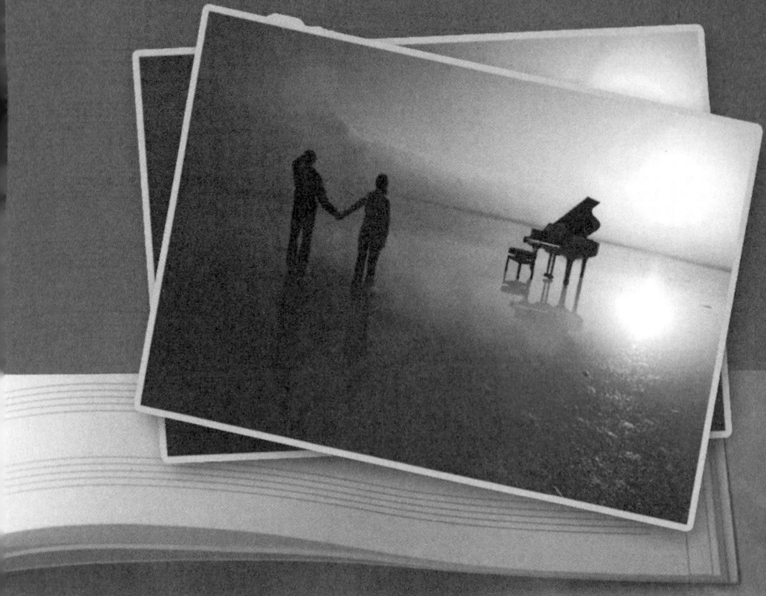

COTALOGUE

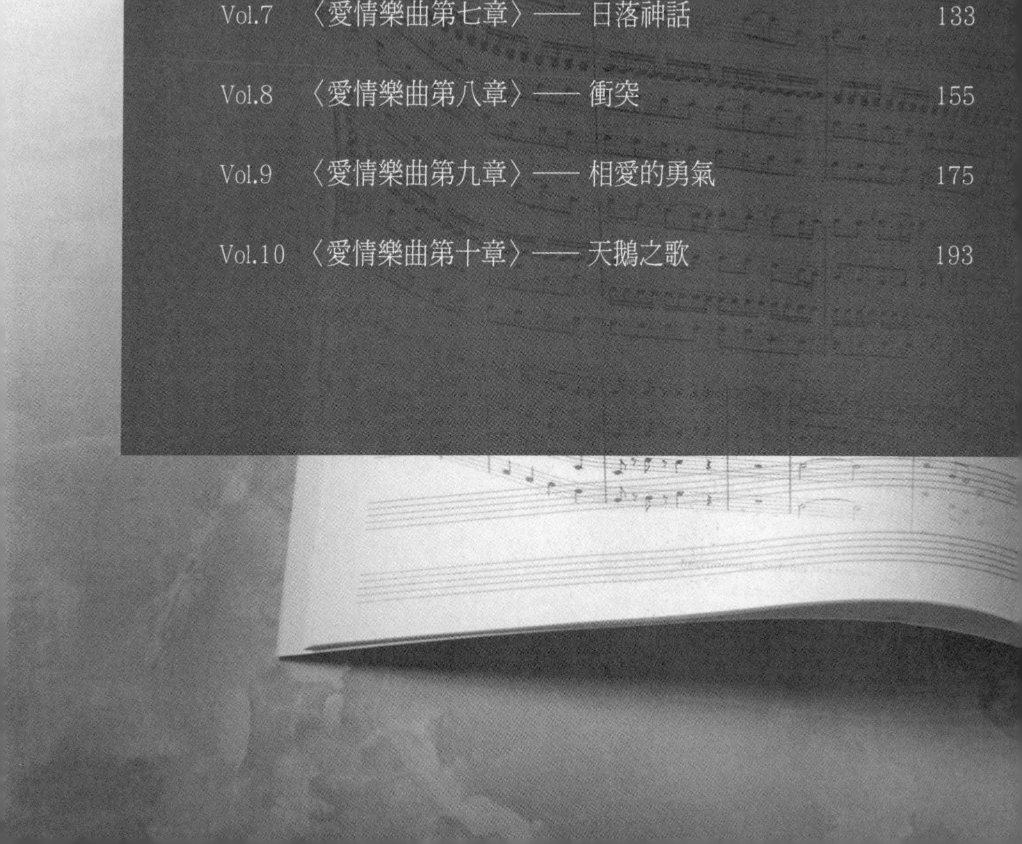

PAGE

VOL.1 〈愛情樂曲第一章〉——

Jardins sous la pluie

天光微亮，春末的海風還帶著點寒涼，霧濛濛的海面悄無聲息，整個世界將醒未醒似的。

殷樂樂獨自坐在鋼琴碼頭邊上望著海面發怔，從廈門駛過來的第一班船還沒見影，整個碼頭是一片的靜默，與她此刻內心的暗潮洶湧恰成反比。她只覺得口袋裡那張紙，怎麼那麼沉？壓得她心口直發悶……

那是一紙高分錄取紐約茱莉亞音樂學院的入學許可，該是多少音樂人夢寐以求的進修機會，上頭盛載了許多閃亮的未來，因此顯得沉。若換做別人，此刻應該大聲歡呼、雀躍萬分才是，可是偏偏殷樂樂有太多的「不可以」和「無能為力」，讓她無法在此時為自己的努力和優秀高聲歡樂！

二十二歲的樂樂今年就要從廈門大學音樂系畢業了，早在樂樂還在媽媽王月霞肚子裡時，爸爸就因為意外過世，這二十幾年來，母女倆就靠著龍頭路上一間餡餅小舖相依為命，家境雖不富裕，母女倆節省著用倒還過得去。

從小嶄露出的過人音樂天賦，讓媽媽說什麼也要栽培這個唯一的掌上明珠，樂樂知道媽媽的辛苦，也明白媽媽對她的期望，因此，當她手握瑰麗夢想的入門票時，更加顯得猶豫不決。

即便樂樂拿的是獎學金，但就像學校裡最要好的同學容麗所說：「先不談學校裡各項雜費，要在紐約生活，光是吃喝就是好大一筆錢！」

樂樂不敢想，像她家這樣靠著小生意維生的小康家庭，怎麼可能負擔得了她出國追逐夢想與未來的開銷?!越是數算，越是覺得自己勢必得放棄這難得的大好前程，即便這是許多人爭破頭也得不到的……

「唉呀！不想了、不想了，就這麼辦！不出國難道就成不了出色的音樂家嗎？殷承宗（註1）還不是照樣成了國內首屈一指的鋼琴獨奏家？」樂樂拍拍臉給自己打氣，強自提振起精神，心裡卻明明白白破了好大一個洞。

幾聲低沉的船笛音從海面傳來，劃破早晨的靜謐。

樂樂站起身遠眺熟悉得不能再熟悉的渡輪，那一艘艘往來於廈門和鼓浪嶼之間的船舶，曾經也搭載著她的人生夢想！出人意料地，今天卻將搭載她一輩子不能忘卻的遺憾……

♬ ♬ ♬

「妳說什麼？再說一次！」徐教授的聲音充滿著不可置信。

樂樂不必抬頭也能看見教授眼裡因失望而起的怒火，她寧可就這樣一直把頭低著，用自己也幾乎無法聽聞的音量低語：「我……不去紐約了。不！該說……我無法去……」

「為什麼呢？這是多少人爭破頭都爭不來的好機會，妳別忘了，除了妳自己的努力，系上多少個教授為了推薦妳可說都全力以赴了！」徐教授看著樂樂這個得意高徒，忍不住也動氣，「妳好好說清楚，就這麼一句無法去是絕對交代不了的！」

樂樂暗自嘆了口氣，誠實說著：「就算我拿全額的獎學金入學，但紐約的物價還是高得嚇人，我再怎麼不吃不喝，我媽媽還是供不起我……我知道追求藝術還談錢，實在俗氣的很。可是偏偏這俗氣也是現實，偏偏我就是作不起清新脫俗的白日夢……」

「錢的問題，教授替妳想辦法！」徐教授心疼地打斷她。

「那怎麼行？教授已經幫我太多了，這種事還勞教授傷神，別人會怎麼看我？不行！絕對不行！」樂樂嚇了一跳，但也堅定立場。

徐教授從樂樂大一入學後就指導她所主修的鋼琴，師生倆早已培養出如父女般的感情，太清楚這個看似開朗無憂的小女生心底不管躲著多少壓力也從來不說的，怎能不為她著急心疼？再加上他這個人特別惜才，要他眼睜睜看著一顆樂壇的明日之星就此隕落，那是決計萬萬不可的！

「樂樂，妳聽我說，教授也沒能力獨自資助妳，但替妳想想辦法還是可以的，就當作……當作一種貸款，等妳學成歸國後慢慢再還。教授說什麼也不能看著妳葬送掉自己的音樂前途！」徐教授也很堅決。

樂樂美麗的大眼睛裡閃著晶晶燦燦的光芒，有那麼一刻，她真要考慮徐教授的建議了。可是媽媽從小告誡她：「錢債好還、人情債難還」，教授們對她已經特別另眼相待，怎麼能再讓他們替她傷神？

樂樂擠出開一抹微笑，將口袋裡那紙推薦入學許可放在徐教授面前，再附上一個九十度的大鞠躬。

「謝謝教授這些年的指導，樂樂的鋼琴能學得這麼好，真是多虧了教授。雖然我也覺得放棄這個機會很可惜、很遺憾，但，如果我真沒這個命再上一層樓，那也是老天爺特地安排的，我不想強求，也相信老天爺會另給我一條路走……教授，就請您放心吧！我不會放棄音樂的，再怎麼難走還是會一直堅持下去，只是換一條路走罷了！」

「樂樂……」一向溫文儒雅的徐教授此時也頓感焦躁不安。

只見樂樂優雅地行禮，神情裡盡是不容任何人更改的堅決，然後轉身快步離開徐教授的辦公室。

♬ ♬ ♬

「怎麼回事？妳真的放棄了？」

「千載難逢的好機會妳要拱手讓人？」

「不要啊！大才女，妳再想清楚點吧！」

幾個平日裡與樂樂要好的同學們，此刻正圍繞在樂樂身邊七嘴八舌地討論著，惹得樂樂又好氣又好笑地摀著耳朵抗議：「唉呀！你們吵死啦！你們幹嘛這麼關心我去不去紐約啊？」

與樂樂最要好的容麗伸出手攬上她的肩膀：「樂樂，是不是我上回瞎說的費用嚇到妳了？其實妳拿的是獎學金，再加上學校的獎勵補助款，辛苦點還是能過的，再不然，去打工嘛！總能有辦法的啊！」

「妳傻啦？打工是非法的，要是被檢舉了坐牢遣返事小，丟國家和我家人顏面事大！妳要我以後怎麼做人？」樂樂白了容麗一眼。

「不是嘛！那可是……那可是紐約茱莉亞音樂學院耶！多少享譽國際的音樂大師在那兒開班授課，多少國際樂壇知名的演奏家出自那兒，妳再想想清楚唄！」容麗仍不死心。

其他同學也想跟進勸說，通通被樂樂一個「暫停」的手勢打住。

「行了！我知道大家的厚愛與鼓勵，也明白這機會得之不易，當初全力以赴爭取入學的是我，難道我不清楚嗎？可是我真的無法去，我有我的苦衷，不得不屈服的現實問題實在太多了……還有，我這會兒已經很苦惱、很傷神了，同學們就別再給我添亂了吧？好嗎？」

樂樂朝大家展開一個招牌的燦爛笑容，當著大夥兒的面戴上耳機，逕自聽起音樂廣播節目，打定主意再也不聽任何勸說與意見！

一個低沉、渾厚的男人嗓音竄入樂樂的耳裡，那是最近在廈門迅速走紅的DJ——「α」（音：阿法）。在人體科學理論裡，人體腦波之一的α波，與平靜思緒、舒緩心靈息息相關。

而這個DJ「α」的聲音和節目內容，確實能讓聽眾得到一種心靈的撫慰。

此刻，他所播放的交響詩《唐吉訶德》，是浪漫樂派最後掌門人——理查．史特勞斯一生的顛峰之作，這首交響詩的主角，一位是夢想破滅的孤獨騎士；另一位是在戰鬥中獲得勝利，安享晚年的英雄騎士。理查．史特勞斯清楚地看到生命的正反面，並在音樂中展現出人性靈魂的深淵。

樂樂如癡如醉地聆聽著，在樂曲中得到了安慰與救贖。

「如果，你也曾苦苦追尋一個遙不可及的夢想，使盡全力卻依然不可得，恭喜你！你的靈魂等級因此而獲得了提升，你應該驕傲自己曾經像唐吉訶德一樣勇敢、一樣值得敬佩。請記住，眼前一時的放棄，並不等同永遠放棄，只要抱持希望，夢想的種子依舊有發芽、結果的那一天……」

樂曲結束後，「α」這番話語，居然也同樣帶給樂樂莫名的力量！

♬ ♬ ♬

「α」林爾華按下播放鍵，拿下耳機，結束這一天的DJ工作。

節目監製「大黃」早已等在播音室外，手裡還拿著一紙合約，等著爾華點頭簽下長約。

爾華擠出開一抹不置可否、教人猜不透的微笑，朝大黃走去。「黃監製？你不是很忙嗎？有何貴幹？」

「你的節目做得太好了！像你這樣的人才光是代班太可惜了，是電台的損失嘛！總監惜才，交代了非要把你簽下來成為固定主持不可……」大黃涎著一臉笑，一副逢迎拍馬的嘴臉。

說是這麼說，可是當初爾華就說好只替返台休假探親兼結婚的學長代班一個月，而且，爾華初始所提的節目內容可是遭到大黃的極力否定與污衊的，還刻意冷落擱置了好幾天沒批，要不是電台總監偶然間發現，覺得有新意、有別於電台一直經營的流行樂曲介紹，爾華可能還只是悶在播音室裡，隨意挑撿些具有流行度卻沒話題性的CD樂曲，打發著就算給學長交代了。

「我可能會回台灣，而且，文傑學長也快收假了嘛！當初說好只是短期代班，怎麼能喧賓奪主呢？監製還是打消這個念頭吧！」爾華一口回絕，轉身往外走。

「電台調整節目時段和內容本來就是家常便飯，文傑不會因為你的新節目就丟了飯碗，只是時段上有所調動而已，我想，應該是可接受內的範圍……你想想，不趁著現在節目正火的時候乘勝追擊多可惜啊？你知不知道媒體和聽眾對你有多好奇？我計畫……不，是電台計畫抓住這個機會好好地行銷一番，將你打造成廈門最有話題性的明星DJ啊！」大黃緊跟在爾華身後，像隻亦步亦趨的小狗。

但爾華才不吃這套呢！名利對他來說一向如浮雲，出身台灣企業家第二代的他，要名要利易如反掌，怎麼這些人跟他老頭一樣，就是不懂他對音樂的純粹追求與愛好呢？當初願意代班DJ，又堅持播放經典樂曲，僅僅基於一份想要分享的簡單念頭罷了，壓根兒沒想過要成名致富的。

「這個問題等我下個禮拜上班再說好嗎？如果監製不介意，我先走一步，還得趕船去鼓浪嶼呢！Bye！」爾華背起寶貝吉他，一溜煙走得飛快。

「不是，爾華，你聽我說啊！爾華——」哪還有爾華身影？氣得大黃在他身後吹鬍子瞪眼，卻拿他一點轍也沒有！

♬ ♬ ♬

由廈門開往鼓浪嶼的渡輪上看去，黃昏的鋼琴碼頭別有一番嫵媚的風韻，歸巢的海鳥在海面上翩飛，點點漁火點綴其間，由渡輪上遠眺緩緩西降海平面的夕陽、聆聽節奏溫柔的拍浪，是一種難以言喻的視覺、聽覺雙重享受！

爾華背著吉他、拿著相機隨意捕捉眼前風光，總覺得眼前無一不是美景！就連此刻誤入他鏡頭裡的女孩，似乎也美得渾然天成……

樂樂帶著耳機站在甲板上吹風，十指靈巧地在欄杆上隨音符跳躍彈奏，旁若無人地沉浸在自己的音樂世界裡悠然自得。

爾華透過鏡頭看著樂樂一頭長髮在風中飄揚起一道美麗的弧線，纖細修長的指尖正模仿著雨滴似地跳躍著，忍不住連按了幾個快門。

閃光燈因為光線不足而亮起，這才驚擾了樂樂。樂樂轉過頭，訝異地睜開眼、拿下耳機，瞪著爾華劈頭一句：「你幹嘛？」

「Jardins sous la pluie！」爾華放下相機，微笑地看著樂樂脫口而出這麼一句話。

樂樂更驚，以為自己聽錯，連忙問道：「你說什麼？」

「我說，妳剛剛彈奏的是法國作曲家德布西於1904年發表的Estampes〈版畫〉中的最後一部曲Jardins sous la pluie——〈雨中庭院〉！」爾華好整以暇地靠著欄杆，欣賞樂樂神情中的訝異。

「你……你怎麼知道？」樂樂開始懷疑自己剛剛耳機裡的音量是不是太大了？難道自己的聽力出現問題了嗎？不可能啊！

「看妳彈奏的節拍與手指的落點。只要對曲子夠熟，不難看出來啊！」爾華聳聳肩，好似這有多麼理所當然似的！

樂樂瞥見他背上的吉他，「不難？沒有深厚的音樂底子怎麼可能看得出來？就算瞎猜也要有那個運氣和那個涵養吧！」樂樂簡直不敢相信，眼前這男人怎麼能有這種睥睨世間的自信？

爾華不打算繼續討論這話題，自顧自地拿起相機繼續拍照。

樂樂這才想起自己一開始的憤怒，上前理論：「喂！我說你這人……怎麼可以不經過人家同意胡亂拍照呢？我有我的肖像權耶！」

爾華聞言，非常沒有禮貌地「噗嗤！」一聲笑了出來。「對不起哦！我有拍妳嗎？」

「你剛剛明明對著我拍了好幾張……」樂樂皺起眉頭。

爾華輕笑一聲，神情、語氣都讓人覺得帶著點輕蔑：「這是哪來的自信？我都還沒怪妳闖進我的鏡頭裡呢！妳怎麼反倒怪起我來啦？」

「你……」樂樂一向不善於吵架，此時也語塞了，可是又不服氣被「欺負」，急得一頭汗，臉也脹紅得像顆蘋果似的，更添可愛。

船上廣播著渡輪準備在鋼琴碼頭靠岸，樂樂乾脆頭一撇，不理會爾華，逕自背起背包準備下船。

反倒是爾華緊跟著樂樂身後，惹來樂樂頻頻白眼以對，終於忍不住才又開罵：「幹嘛死跟著我？你有什麼目的？」

「靠岸了，我要下船啊……」爾華一臉無辜。

此時周遭傳來一些好事分子的訕笑與低語，讓樂樂窘得耳根都紅了。

樂樂自覺又被擺了一道，想開口發飆卻又詞窮，氣得只能連連跺腳……

爾華瞧著覺得有趣，忍不住多話：「照理說，學音樂的女孩氣質應該是很上乘的……」

爾華這番話中有話明顯激怒了樂樂，她猛然回頭睜大一雙明眸：「你這話什麼意思？拐著彎說我沒氣質嗎？」

「我話都沒說完，妳怎麼這麼激動啊？」爾華忍住笑，「我猜妳該是音樂系的高材生吧？音感一流、氣質一流，就是EQ差了點，很容易動怒啊！果然是藝術家脾氣……」

「你……」樂樂分不清爾華這話是褒是貶，再度語塞。

「你們小倆口要打情罵俏我沒意見，可是能不能別擋路啊？大家還等著下船咧！」身後不知哪個大嬸這話一出，船上的乘客全笑開了。

樂樂窘得一張粉臉脹紅，急忙邁開步子下船，一急，手裡的包包落地，包包裡的東西全散了一地，老天爺還像是開玩笑似地突然降了一場急雨，嚇得樂樂趕忙蹲低身子收拾，就怕樂譜濕了，又窘又急，眼淚差點就要掉下來！

乘客們打起傘魚貫地準備下船，爾華原本也要走了，但見樂樂一個纖弱的小女孩獨自冒雨蹲在甲板上撿東西，感覺真是怪可憐的，停下腳步也跟著拾掇樂樂散亂了一地的物品。

樂樂愣了一會兒，抬起頭看著爾華，吶吶地：「你……你幹嘛？」

爾華聳聳肩：「幫妳撿東西啊！海風挺大的，動作快！要是樂譜飛了或濕了可就不好玩啦！」

樂樂聞言，加快速度胡亂將散亂的樂譜、筆記等物塞進包包裡。兩人只顧著撿拾散落甲板上的樂譜，誰都沒發覺從爾華背包裡掉落出的牛皮紙袋，就這麼一併被拾掇在樂樂的物品裡。

樂樂起身，做了幾個深呼吸才彆扭地向爾華道謝：「嗯……謝謝你！」

爾華習慣性地動了動嘴角，起身。「舉手之勞罷了！那……再見囉？」

樂樂非常不喜歡爾華臉上那抹老像是在嘲諷什麼似的表情，小女孩似地嘟了嘟嘴說：「你我萍水相逢，再什麼見啊？」話一說完，樂樂舉起包包擋雨，轉身奔跑著下船。

爾華雖然討了個沒趣，倒也不動氣，好笑地看著樂樂踩著輕快的步伐離去。

下船後，爾華在候船區躲雨，為了打發時間拿起吉他有一搭沒一搭地撥弄起琴弦，想起自己有一疊珍貴的樂譜，探手往背包裡摸，這才發現自己隨身的牛皮紙袋竟然早已不翼而飛……

♬ ♬ ♬

渡輪上那麼一耽擱，樂樂連回家陪媽媽吃晚餐的時間都沒有，急忙趕到打工的音樂餐吧準備上工。

店裡的老外吧台海克一把拉住一身濕又氣喘吁吁、趕著換制服的樂樂，體貼地塞了個三明治給她。樂樂感激地對海克笑了笑：「謝啦！海克，你真好！」

「快吃吧！店裡一忙，妳更沒時間吃了。」海克瞭解地笑一笑。

海克是個中文流利、對東方文化深深著迷的奧地利人，除了調酒，更精通音樂，成了樂樂打工的音樂餐吧裡的一塊活招牌。

除了善解人意的海克，店裡的男女服務生孫磊和洪小楓也和樂樂相處得挺好的，唯獨尖酸小氣的店經理陳莉跟大家都不對盤，可是誰教她是老闆的女友，就算再難相處，大家也得對她禮讓三分。

樂樂正要把三明治往嘴裡放，陳莉卻突然冒出來：「樂樂，剛剛突然一陣雨，戶外桌都還沒收，妳先去收一收。」

小楓放下手裡的托盤，一臉不以為然：「樂樂是琴手，又不是服務員，我去收吧！」

「妳還要去打掃衛生間呢，還怕沒活？琴手又怎麼樣？還不是張老闆花錢請的，店裡人手不夠，幫忙一下不會怎樣吧？」陳莉理直氣壯地瞅著小楓和樂樂。

知道小楓不服氣、還想回嘴，樂樂趕緊搶先一步：「好，我知道了，我馬上去收拾。」

樂樂給小楓猛使眼色，小楓才沒再回嘴，兩人一前一後地走向戶外餐區。

海克譴責地瞅著陳莉，陳莉反瞪回去。「怎麼？我說錯了？」

「樂樂畢竟不是Waitress，妳有點過分……這不是第一次了。」海克老實地說出自己的想法。

「呦？難不成你們個個都把殷樂樂都當成千金大小姐啊？笑話！出來打工還擺架子嗎？何況，她自己都沒意見了，要你們幾個多事？哼！」

「那是樂樂個性太好了，懶得計較……」海克說完，不滿地回到吧台裡去，正眼不多瞧陳莉一眼。

「我好歹也是堂堂一個經理，總有權力調度人手吧？你們這些人意見還真多啊……哼！」陳莉罵歸罵，卻不敢向對待其他人一樣對海克頤指氣使，因為店裡少不了海克這塊活招牌！

小楓本是個直腸子的人，在樂樂耳邊不平地叨唸著：「妳就是人太好，容易欺負，經理才會那樣一再騎到妳頭上去！要換做我啊，好好當我的琴手就好了，幹嘛非得聽她的、幹這些粗活啊？」

樂樂笑了笑，勤快地收拾著：「不就是收幾個杯盤嗎？說什麼粗活？我幫著做一點，也算是減輕妳跟孫磊的負擔啊！」

「真不知道該說妳佛心來著？還是傻得天真？不是每個人都會感激妳這份慈悲心腸的。我來吧！」小楓嘆了口氣，趕緊搶過樂樂手裡的抹布。

那頭，一向崇拜樂樂高超琴藝的孫磊從廚房探出頭，開心地揮揮手，「女神！妳來啦？」接著拿下耳機蹦跳著過來，險些撞翻了小楓手裡的杯盤。

「要死了你！你猴子啊？」小楓罵道。

孫磊把兩隻手擱在頭上，嘻皮笑臉地說：「不，我屬牛的！哞——」

「嘿，還有臉耍幼稚！幫你擦臉——」小楓不客氣地一抹布往孫磊臉上抹去。

孫磊俐落地轉身躲開，小楓又追上前去，兩人就這麼打打鬧鬧著。

「喂！你們幾個造反啦？還不快到門口待客去……」陳莉雙手插腰直著嗓子高聲罵，這才讓孫磊、小楓停止打鬧，各自幹活去。

樂樂邊收拾邊看著兩人打鬧，臉上帶著淡淡的微笑，心想還好有這兩個活寶同事，要不然自己現在應該還沉浸在巨大的遺憾裡吧！

這天，店裡的生意特別好，樂樂除了自己的鐘點需要上台彈琴，中間的休息時間還得充當跑堂清潔的服務生，別說晚餐，樂樂連喝口水的時間也沒有，卻不以為苦，此時身體上的勞動，恰巧可平撫她情緒的波動。

爾華推門而入時，樂樂正好收拾完一桌的杯盤狼藉，並準備上演奏台彈琴，因此沒見著爾華。

陳莉趨前招呼，爾華一眼瞧見吧台裡金髮碧眼的海克，朝陳莉揮揮手後毫不猶豫地走向吧台，以英文替自己點了杯威士忌：「Single Malt Scotch，thanks！」然後一屁股坐上高腳椅。

「你的威士忌要純的？還是要加大角冰？」海克以流利的中文詢問。

爾華愣了愣，微笑：「你中文很流利嘛！我要純的，謝謝。」

「你英文也很流利。」海克笑著奉上一杯純麥威士忌。

爾華背對演奏區、坐在靠窗的吧台邊上靜靜地喝酒，耳邊傳來流暢的Jardins sous la pluie，令他想起樂樂、想起兩人之間小小的美麗，嘴角忍不住揚起一抹輕笑，但隨之又想起自己遺失的牛皮紙袋，心情頓時低盪。

樂樂如常沉浸在音符裡，指尖靈巧地跳躍在黑白鍵之間，思緒卻突然飄向傍晚那一場渡輪上的邂逅……心跳不知怎麼地漏了一拍，臉頰也不爭氣地染上一抹紅暈，樂樂驀然驚醒，害羞而懵懂地將自己臉紅心跳的反應解釋為——懊惱！

就在Jardins sous la pluie這曲子接近樂樂在渡輪欄杆上彈奏的那一段時，爾華終於忍不住回頭看了看演奏的琴手——樂樂。大概停頓了有一分鐘的時間吧！爾華轉過頭，忍不住帶著驚喜的笑容，一口飲盡杯裡的威士忌。

爾華看著窗外再度驟然飄起的雨絲，不禁想著：若世間真有緣分這事兒，或許也印證在自己與這彈琴女孩身上了吧?!

樂樂一曲彈罷，轉身從一疊紙袋中找尋新的琴譜，一紙並不屬於自己的〈月光下的鼓浪嶼〉讓樂樂停下動作，她怎麼也想不起自己什麼時候有這張樂譜？

「我想，這應該是我的……」一個熟悉又陌生的男聲從樂樂耳邊傳來。

樂樂抬起頭，卻因為那人背光，只看見一個模糊的影子。樂樂抬起手擋住刺眼的光線，卻怎麼也看不清眼前那人的樣貌。

爾華帶著總讓人誤會為輕蔑的微笑往前又靠近了點，然後，很滿意地聽見樂樂突如其來的輕嚎。

「啊——」樂樂驚得差點從椅子上摔下來，掙扎著說出破碎的句子：「你……你……」

「見鬼也沒這麼驚恐吧？」爾華皺了皺眉頭。

樂樂站起身，顧不得自己還在當班，顧不得台下有用餐的客人，也顧不得同事們驚訝的眼光，當然更顧不得經理眼神中那抹殺氣，她只顧著平撫自己一波未平一波又起的情緒。

「你怎麼會在這裡？」樂樂終於從驚訝中擠出這麼一句話。

爾華環顧四周，很安然地：「這好像是一間音樂餐廳？只要有錢都能來？」

「是這樣沒錯……」樂樂突然發現自己在這個男人面前好像老是耍白癡、居下風?!

爾華上下打量著樂樂：「妳在這兒彈琴打工？」

「嗯。」樂樂心裡啐了句：廢話，沒看見我這是給台下客人娛樂嗎？

「不覺得有點大材小用嗎？」爾華的口氣不掩嘆息。

樂樂聳聳肩：「謝謝誇獎！生活嘛……」

「咳嗯……」陳莉的聲音竄出，虛應的禮貌中帶著點咬牙切齒：「不好意思，這位先生有事嗎？能不能先讓我們的琴手做好她的工作呢？台下的客人還等著聽曲子哪！」

樂樂緊張地開始冒冷汗，怕自己又讓陳莉逮住藉口扣工資，那這一晚的辛勞都白費了，趕緊坐下，胡亂就著〈月光下的鼓浪嶼〉的樂譜彈奏了起來。一開始，樂樂還有點心不在焉，隨著〈月光下的鼓浪嶼〉那陌生卻優美的曲調，漸漸地又沉浸在音樂的世界裡去。

「喂，那男的是誰啊？」孫磊不知啥時摸到吧台邊好奇地張望。

海克聳聳肩：「愛慕者吧！」

「愛慕者?!」小楓也八卦地靠過來，一副眼尖、耳尖的狗仔模樣。

「沒見過這人……不像是平常站崗的那幾個傢伙啊！」孫磊仔細地打量起爾華，腦中的雷達也積極地運轉啟動著。

樂樂長得甜、個性好，加上彈得一手好琴，常有上門消費的客人因此產生愛慕，搭訕不成便站崗，不時還會有學校的愛慕者藉故上門表白。

經理陳莉對此沒啥意見，反正有客人上門消費是好事，倒是樂樂不堪其擾，還好有孫磊這幾個幫忙護花擋駕，大夥兒也算是見怪不怪了。

小楓目光犀利、口吻欣羨地說：「你們看，這男的長得很帥，比起那些蒼蠅螞蟻稱頭多了！有這種愛慕者真有面子……」

孫磊聞言頗感不是滋味地啐道：「虛榮！」

「什麼虛榮啊？我這是公正的評論好嗎？」小楓不甘示弱地回嘴。

海克搖搖頭、朝他倆比了個噤聲的手勢，再往廚房方向比了比，讓這兩人別妨礙店裡客人。

孫磊和小楓前腳剛走，爾華剛好信步走回吧台邊，替自己再點了一杯威士忌，燃了支菸，拿出紙筆，就著樂樂的琴聲埋進自己的世界裡。

鼓浪嶼號稱音樂島、鋼琴島，島上隨處可聞優美琴聲洋溢，彈琴可謂島民們的日常休閒活動了。可是，樂樂的鋼琴造詣極深，她的琴聲總帶著一種說故事般的魅力，即便對曲子不熟，也能透過她的彈奏聽出其中的動人之處。

爾華停下筆靜靜地聽了一會兒，罕見的鄉愁竟被勾引而起，眼眶被煙燻染了似的，有股難忍的酸澀……

〈月光下的鼓浪嶼〉是由台灣民謠之父鄧雨賢先生所譜就的曲子，曾經被日軍改寫為具有當時時代背景的軍歌，可是實際上的底韻仍為充滿鄉愁的美麗曲調。或許，是樂樂天生對音韻之美的敏銳，讓她輕易地演繹曲調之美。

其實，爾華本身是個鑽研詞曲的音樂人，在沒有誤打誤撞到電台代學長的班之前，他一直拒絕父母極力為他安排的接班之路，身為台資傳統企業小開，爾華不僅沒有對於事業的企圖心，還老想著該怎麼撇下這個家族重擔。如果可以，他真想請堂哥毅華全權接手算了！

這些年，爾華用不斷的出走來遠離父親與整個林氏家族試圖加諸在他身上的種種枷鎖，始終成效不彰。在他父親林福深眼中，爾華的音樂，只不過是年輕人耍帥的工具、叛逆的手段，爾華在音樂上表現得再有才氣，對他來說也沒有任何意義。爾華最終仍是要回歸所謂的「正軌」，乖乖扛起家族企業，那才是父親的好兒子！

註1：殷承宗——鼓浪嶼著名音樂家，莫斯科柴可夫斯基鋼琴比賽贏得第二名。

VOL.2 〈愛情樂曲第二章〉——

月光下的鼓浪嶼

就在爾華的自我慨嘆中，樂樂結束了這曲〈月光下的鼓浪嶼〉，彷彿意猶未盡似地，樂樂翻開爾華那疊琴譜，發現了同樣是由台灣民謠之父鄧雨賢所譜寫的〈月夜愁〉，接著又著迷似地彈奏了起來。

復古的曲調、宛如呢喃低語般充滿故事的曲風，讓平常鬧烘烘的店裡頓時安靜下來，就連前一刻還忙著鬥嘴的孫磊及小楓也從廚房探出頭來，細細聆聽，小聲地討論起來。

「這是什麼曲子？怎麼沒聽樂樂彈過？」小楓的眼角莫名地積聚了淚水。

孫磊的神情則寫滿崇拜：「有種淡淡的哀傷和濃濃的思念……樂樂真是女神啊！」

海克更是情不自禁地拿出吧台裡的薩克斯風，隨著樂樂的琴聲合奏起來！

這一夜，海鮮餐吧因為爾華的琴譜和樂樂與海克的演奏，有了另一番風情，像是浸潤了香醇紅酒的櫻桃，帶著點酸澀與微醺……

爾華看著眼前這一幕「無心插柳」，一口喝乾了威士忌，安然自得地閉上眼睛靜靜享受這場難得的音樂盛宴。

「謝謝你的樂譜，這些曲子都好美、好美啊！」結束演奏後，樂樂誠摯地向爾華道謝並遞還曲譜。

這一晚的氣氛太醉人，爾華就著樂樂的琴聲喝得稍微多了點，忘了自己根本沒吃晚餐，胃因此隱隱約約地絞痛著，也讓他因此微皺著眉頭，表情看起來有點嚴肅。「很高興妳喜歡這些曲子。人稱台灣民謠之父的鄧雨賢是個非常了不起的作曲家，即使逝世數十年了，他的作品依舊傳唱不已。這些稿子有一部分是我好不容易商借來的手稿複寫本，得來不易。所以一開始弄丟它們時，我很緊張……」

爾華的表情和語氣讓樂樂誤會了，她也皺起眉頭：「你的意思是……我偷了你的樂譜？」

「我不是那個意思。我想，應該是渡輪上的一場意外……」突如其來的一陣劇痛讓爾華不由自主地撫著胃部。「大概是幫妳撿東西的時候弄混了……還好在這裡再度遇到妳，真不可思議！」

「你怎麼了？」樂樂注意到爾華不對勁的臉色。

爾華端起酒杯，搖搖頭說：「沒事，胃有點不舒服，我還沒吃晚餐。」

樂樂一聽，連忙搶下爾華的酒杯，「空腹還喝這麼多酒，當然鬧胃疼了。別喝了，先吃點東西吧！海鮮炒飯是我們的招牌。」

樂樂不給爾華反對的機會，逕自轉身交代海克：「別再給這位先生喝酒了，我去廚房替他點餐。」

海克愣了愣，微笑點頭：「包在我身上！」

爾華哭笑不得地看著樂樂的背影，轉過頭問海克：「那位小姐一向這麼自作主張嗎？我是客人耶……」

「樂樂很少這麼關心客人的……」海克意有所指地看著爾華。

「是嗎？」爾華有點訝異，「樂樂？原來她叫樂樂……」

♬　♬　♬

「樂樂，快從實招來！」小楓湊近樂樂身邊逼問。

「妳在說什麼呀？」樂樂愣了愣。

孫磊也趁機摸進廚房，「那個傢伙打哪兒冒出來的？」

樂樂莫名其妙地看著孫磊和小楓，「你們兩個在扯什麼呀？」

「吧台邊上那個帥哥啊！他是妳的最新愛慕者吧？什麼來歷？多大歲數？做什麼的？」小楓連珠砲似地猛發問。

「他有沒有騷擾妳？該不會是跟蹤妳到店裡來的吧？別怕，有我呢！」孫磊擺出一副護花使者的架勢。

樂樂翻了個白眼，沒好氣地：「拜託你們兩個節制一下好嗎？他單純就是個來店裡消費的客人，我跟他，怎麼說呢？傍晚時在渡輪上有過一面之緣，還有點小誤會……唉呀，那不重要！誰知道這麼巧又在店裡碰上？反正，他不是什麼愛慕者，我對他也一無所知！」

「邂逅！肯定是邂逅！邂逅之後再度重逢，接著冒出火花……好浪漫啊……」小楓一個勁地陷入自己構築的愛情故事裡。

「什麼浪漫？我看是個居心不良的痞子！樂樂，妳小心點好。」孫磊頗不以為然。

小楓瞪了孫磊一眼，「我看你是吃味兒！」

「吃味兒的是妳！」孫磊回嘴，這一來，果真又把小楓惹惱了，天生犯沖的這兩人隨即吵成一團。

樂樂看著吵得不可開交的孫磊與小楓，哭笑不得地搖搖頭，卻沒有上前調停的意思，反而別過頭催促著從廚師手裡接過熱騰騰的海鮮炒飯，只想著要趕緊給爾華送去。

♬ ♬ ♬

陣陣撲鼻的香味誘引出爾華的食慾，或許心情大好也是個讓他食指大動的原因，總之，爾華像是餓壞了似地狼吞虎嚥大口吃著，讓樂樂一旁看著也忍不住擔心他噎著了。

「樂樂，替這位先生倒杯水吧！」海克看出樂樂的擔心，好意提醒。

樂樂這才想起自己忘了替爾華加水了，轉身拿來水壺，正要給爾華的杯子加水時，卻被個不長眼的客人碰了一把，裝滿水的水壺瞬間傾倒，大量的開水就這麼滿溢在吧台桌面，一路蔓延過爾華剛剛書寫著的一疊紙張……

爾華反應還算快，連忙放下吃了一半的炒飯，伸出手要搶救自己那疊「心血」，卻與急著上前善後的樂樂撞個正著，再度碰倒了樂樂手裡的水壺，剩餘的水便這麼毫無保留地通通「餵」在爾華的寶貝吉他上！

海克靜默無聲地看著這一幕，又看了一眼嚇傻的樂樂，趕緊拿著乾淨的布上前試圖「亡羊補牢」，他深知爾華這把吉他的價值不斐啊……

「算了、算了！還好是水，不是硫酸，不然我真要懷疑妳藉機報復了。」爾華灑脫地拿起濕透的曲譜和吉他甩了甩。

原本滿懷歉意的樂樂聞言，再度輕易地被爾華給挑起怒火，低聲抗議道：「你當我是什麼樣的人啊？我是個學音樂的人，會不知道樂器的珍貴與重要嗎？再怎麼樣，我也不至於惡整你呀！」

爾華訝異於樂樂幾乎暴跳如雷的反應，他自覺那是一種幽默的表現，於是不悅地指陳：「妳的反應也太大了吧？或許妳不是存心，但潑濕了我的吉他卻是事實！最重要的是，我剛剛並沒有絲毫指責的意思，難道妳聽不出我是在開玩笑嗎？」

「開玩笑？再三拿一個人的人格做文章，是哪門子的開玩笑啊？你先是在渡輪上暗指我EQ不高、自大臭美，接著又懷疑我偷了你的樂譜，現在又影射我挾怨報復……沒錯，是我服務不周導致你的損失，但你也不必這樣咄咄逼人啊……我……我……」樂樂又氣又急，一張臉紅得什麼似的，居然結巴了！

爾華還來不及反應，陳莉已經一陣風似地來到吧台邊，對著爾華先是一陣哈腰鞠躬：「不好意思，這位先生，您一切的損失，會由本店的服務人員負起所有的賠償責任！您今日的消費呢，也會給您一個滿意的折扣的，還望您大人有大量！」

陳莉接著轉身給樂樂劈頭一陣罵：「殷樂樂！妳是怎麼搞的？倒個水也能笨手笨腳的，妳以為妳有多少工資可以賠啊？」

「經理，樂樂從上工開始就一直幫著忙裡忙外，連晚飯都沒來得及吃，再說，她本來就不是服務員，倒水更不是她的工作！」小楓耐不住性子上前捍衛樂樂。

「就是啊，樂樂也是受害者，是別的客人撞了她，這位先生應該也看見了才對。海克，你說是吧？」孫磊也上前護著樂樂。

海克附和地點點頭。

這可把陳莉氣炸了，顧不得爾華在場，對著孫磊等人破口大罵：「你們幾個想造反啦？是，殷樂樂的確不是服務員，她是個琴手，但那又怎麼樣？還不是得聽我這個經理的？她犯錯是事實，我罵她幾句不對嗎？要她賠償客人損失不對嗎？我連開除她的權力都有，罵罵她又算什麼？」

爾華的眉頭越皺越緊，他不喜歡陳莉的氣焰高漲，更不喜歡樂樂臉上那副逆來順受的委屈樣！爾華厲聲地朝陳莉低吼：「可以請妳閉嘴嗎？」

陳莉嚇了一跳，轉過身愣看著爾華：「先生，您在跟我說話嗎？」

「不是妳還會是誰？我只聽見妳潑婦罵街……」爾華沒好氣地瞪了陳莉一眼，轉過身向其他人說：「隨便哪位都好，可以給我一些乾淨的紙巾嗎？」

「喏。我替您擦擦……」小楓聽了連忙遞上紙巾，又拿了一條乾淨的抹布殷勤地擦拭爾華的吉他。

「這是場意外，我沒有什麼損失，更不想追究，妳大可不必對這位小姐這麼嚴厲……我只想安安靜靜吃點東西、喝點酒、聽聽音樂，可以嗎？」爾華這番話不僅是說給陳莉聽，也是說給樂樂聽。

陳莉被爾華這麼一搶白，臉色可真是窘得一陣青一陣白的，又不好得罪客人，立場尷尬的很。「是，我明白了，我這就離開，請您繼續用餐……」離開前，陳莉藉故出氣，對著小楓和孫磊又罵了句：「你們還不幹活去？看戲啊？哼！」

看著陳莉帶著受辱的不甘忿忿離去，孫磊忍不住和海克擊掌，轉身對著小楓和樂樂比出勝利的手勢，「總算有人修理這個惡婆娘了！」孫磊對爾華彎腰鞠躬，語氣誇張地說：「先生，您這是主持正義啊！我替樂樂謝謝您了！」

「替樂樂謝謝我？你是她的誰？為什麼要你替她謝謝我呢？」爾華帶著質疑地看著孫磊與樂樂。

「我……」孫磊一時語塞，不見平常的靈活。

「就是說啊，要你出頭！」小楓倒有些幸災樂禍，她早看不慣孫磊老是一副樂樂護花使者的模樣了。

海克輕輕地推搡樂樂的肩膀，對她耳語：「人家替妳解圍呢！」

樂樂咬著下唇，感覺複雜地走向爾華：「謝謝……你又幫了我一次……」

「所以……」爾華似笑非笑地看著樂樂：「妳決定『原諒』我了嗎？」

樂樂知道爾華又暗中調侃她，可是爾華也的確三番兩次地對她伸出援手，她實在搞不懂爾華究竟是什麼樣的人？她困窘地：「剛剛如果冒犯了你，還請你見諒……」像是要解釋什麼似地，樂樂又補上一句：「我平常不是這麼容易激動的人，真的！」

爾華露出一個帥氣的微笑，我想，「一切都是從誤會開始的。但，能因為誤會而結緣，也是一種難能可貴。我們重新開始吧！」

樂樂不明白地瞅著爾華。

爾華很紳士地對樂樂伸出手，「幸會了！殷樂樂小姐。我是林爾華。」

海克笑看樂樂的呆樣，推了推她的肩膀。

樂樂這才傻傻地握住爾華的手，只覺有一陣溫暖電流般地從手心直達心窩。

♬ ♬ ♬

爾華離開後，樂樂與海克一起收拾吧台桌面，在一堆用過的紙巾下，發現一紙濕透的曲譜，樂樂擔心地撿起來查看，然後鬆了口氣，還好是一曲未完成的創作草稿，並不是爾華那些珍貴的樂譜。

好奇心作祟，樂樂仔細端詳起紙上的音符，還隨口哼了起來，驚豔地發現作曲者功力之深！「海克，你聽聽這曲子……」隨即又哼了起來。

「這應該是那位先生的創作……滿好聽，看來那個人滿有一套的！」海克聽完後大大稱讚。

「果然……」樂樂想起渡輪上初次見面時爾華給她的「驚訝」，再對照此刻的「驚喜」，有種了悟之感。「那個林爾華，應該對音樂有很高深的造詣，說不定還是個音樂創作人呢！」

海克「喔！」了一聲，還附帶一個意味深長的眼神。

樂樂趕緊補了句：「真是看不出來……」隨手將紙張塞進口袋，然後匆匆端起托盤躲回廚房，伴隨著自己震耳欲聾的心跳聲。

下了工，樂樂一個人走在觀海路上，傍晚那場驟雨早已經停了，此刻，月娘從雲後露出皎潔的笑顏，伴著心事重重的樂樂一路漫步。而她心裡始終縈繞著爾華留下的那首未完的曲調，雖然不知道他會怎麼寫下終曲，對樂樂來說，卻已然成歌。

另一頭，拿把吉他坐在菽庄花園附近沙灘邊上的爾華，正逕自沉浸在自己的思緒裡，修長的手指撥弄著琴弦，卻始終不能成曲，彷彿少了點什麼……樂樂的笑顏突然從腦海竄出，爾華自覺荒謬地閉上眼、甩甩頭，一睜開眼，卻驚見樂樂的身影出現在月光下。

爾華驚喜交加地起身迎上前，樂樂卻仍沉浸在自己的幽思裡，直到爾華擋住了去路，樂樂這才回神，訝然地望著朝自己一逕傻笑的他。

「你……什麼事情這麼好笑？」樂樂舉起右手將散亂的髮絲挽至耳後，藉以遮掩自己驚喜的情緒。

「我笑是因為……到底是世界太小？還是我們的緣分太深？」爾華絲毫不隱藏自己再三見到樂樂的喜悅。

「想太多，是鼓浪嶼太小啦！」樂樂帶著一臉的笑往前走。

爾華愣了愣，背起吉他追上前，「不管是不是鼓浪嶼太小，一天之內能見上三次面的人總是不多吧？唐伯虎點秋香都沒這麼巧了！」

樂樂但笑不語，低頭看兩人在月光下的影子。

「妳要回家吧？這麼晚了，我送妳？」爾華不經思索地脫口而出。

樂樂吃驚地看著他：「什麼？」

「呃……不好嗎？」爾華突然覺得自己冒失。

「是有點奇怪吧？我們連朋友都稱不上……」樂樂心底泛起一股說不上來的感覺，有點酸、有點甜，還有許多的不對勁。

「怎麼不是朋友？我們都彼此自我介紹過啦，萍水相逢都是種緣分了，何況我們一日見三回呢！我不是吃飽撐著的無聊分子，只是覺得這麼晚了，妳一個女孩子走夜路真的不大好……」爾華也解釋不來自己這份「熱心」打哪兒來的？他一向是個冷淡的人。

「那好吧！當作散散步，反正我家就在附近……對了，你住哪兒？等會兒該不會迷路吧？」樂樂想起爾華的觀光客身分。

「我住在龍頭路上的『灣景』，離這兒不遠。」爾華秀出一份新買的手繪地圖，「何況，我還有這個呢！鼓浪嶼就這麼點大，要迷路也不容易吧？」

「那倒是，頂多讓公安送你一程，只是挺糗的！」樂樂將雙手背在身後，轉過身抬頭看著天上的月亮，哼起了〈月光下的鼓浪嶼〉的旋律。

爾華微笑地看著孩子般開心的樂樂，也跟著哼了起來。

奇妙地，在月光下哼著曲子的爾華與樂樂，竟將一首帶著點憂傷的旋律，攜手哼成一種浪漫與美麗……

即便兩人刻意放緩腳步，道別的時候還是到了。

樂樂停下腳步，向爾華道謝：「今天……不好意思！那些誤會跟衝突，希望你別放在心上。還有，今天……真是謝謝你了！」

「提這些幹嘛？都是小事。也謝謝妳陪我散步，晚安！」爾華對樂樂微笑，訝異自己心裡居然湧上一股不捨。

「嗯，晚安！」樂樂回給他一個燦爛的笑容，但腳步怎麼也邁不開。

兩人靜靜地彼此凝視了一會兒，樂樂催促著：「你快走啊，時間真的不早了，晚了怕路上不好走。」

「身為一個紳士，送女孩子回家一定要親自確定她安全進了家門才行，我看妳進門再走。還是……妳擔心我心懷不軌？」爾華收斂起笑容，表情有點受傷。

樂樂連忙搖頭：「不是……我只是有點過意不去……好吧，那我進去了，你路上小心，晚安！」說完趕緊轉身。

爾華目送樂樂背影，悄聲地：「妳忘了說再見……」然後自嘲地：「應該……也沒機會再見了吧……」確定樂樂拿出鑰匙開門後，帶著自己也不太明白的情緒轉身離開。

進門前，樂樂想起口袋裡那張被主人遺忘的曲子草稿，轉過身卻發現爾華已經轉身走開了。她想想或許再也沒有機會相見，乾脆就留下來做為紀念。

樂樂將曲子草稿塞回右邊口袋，卻又突然想起左邊口袋裡那紙入學許可，美麗的心情頓時蒙上一片陰霾。

為了不讓媽媽起疑，樂樂強打起精神，笑瞇瞇地邊開門邊高喊：「媽媽，我回來囉！」

然而一開門，王月霞卻一臉嚴肅地端坐在客廳椅子上，凝視著樂樂的臉上，盡是失望與擔憂。

「媽媽，妳怎麼了？身體不舒服嗎？」樂樂嚇了一跳，關了門趕緊上前。

王月霞嘆了口氣，伸出手摸摸樂樂的臉：「我也想知道，我的乖寶貝是怎麼了？」

樂樂皺起眉頭，一臉的不明白：「媽媽？我不懂……」

「今天下午，徐教授打電話給我……妳有這麼好的天賦跟機會，為什麼要放棄呢？是媽媽不好……」王月霞說著、說著，淚水就掉了下來。

樂樂只覺得腦門彷彿被一記轟天雷給狠狠擊中，再也聽不清媽媽說了些什麼，只覺得一直讓媽媽感到放心又驕傲的自己，讓媽媽失望了……

♬　♬　♬

任憑媽媽好說歹說，樂樂都不打算改變自己的決定，這讓王月霞很頭疼。「媽媽還有存款，再去銀行辦貸款，湊一湊一定夠妳的生活費……」

「媽媽，我已經決定要留在國內了，鼓浪嶼學琴的風氣一直很盛，我相信憑我的能力找份教鋼琴的差事不難。出國留學，等我攢夠了學費再說。」樂樂很堅持，她不要自己再成為媽媽的重擔！

「樂樂……」王月霞知道樂樂這孩子貼心又孝順，肯定是不願意再花家裡一毛錢才會做出這麼可惜的決定，可是偏又拗不過樂樂的堅持，總不能架把刀子逼她出國吧？只好暫時順從樂樂的決定，只是心裡難免又遺憾又擔憂。

樂樂上前摟住媽媽，像小時候那樣撒嬌：「媽媽呀，我已經是個大人了，知道自己在做什麼，妳不要老是把我當成孩子嘛！好不好？」

「可是，能出國留學是多大的驕傲啊！」王月霞仍試圖勸說。

「媽媽，我保證，我永遠會讓自己成為妳的驕傲的，放心好嗎？」樂樂不僅僅是對媽媽做出承諾，更是對自己的一番堅持。就像她即使只是在音樂餐吧裡擔任琴手，也總是堅持彈奏出最棒的曲目一樣。

王月霞心疼地看著樂樂，點點頭：「不論妳的決定是什麼，記住，媽媽永遠以妳為榮，只要妳真的快樂……」

樂樂緊緊地抱住媽媽，努力不讓自己的淚水滑落……

這一夜，樂樂失眠了。

在床上輾轉反側了幾個鐘頭後，樂樂起身找出一個帶鎖的小鐵盒，將那紙不會遞交出去的茱莉亞音樂學院入學通知書，以及爾華的作曲草稿一併放入鐵盒裡，上了鎖，然後放在床底下某個不容易翻找的紙箱裡去……

♬ ♬ ♬

爾華坐在辦公室裡，頭疼地接聽來自台灣的電話。

父親林福深顯然是氣壞了，即使爾華將話筒拿得離自己稍遠，仍能清楚聽見父親爆怒的責罵聲。

「你到底在想什麼？好好的行銷經理不幹，跑去當什麼DJ的是要幹嘛？還騙東騙西的瞞著我！要不是毅華說溜嘴，我到現在還以為你只是去廈門玩一陣子而已，你這個臭小子還不快回台灣！」

爾華不怕死地回話：「是DJ啦！我不是存心騙你們，只是忘了說……」

「還狡辯！」電話那端的林福深簡直要氣炸了。

爾華掏了掏耳朵，並不打算聽話回家。一來是因為自己實在喜歡與音樂相關的工作，再者，與樂樂的邂逅讓他莫名對廈門與鼓浪嶼產生一種捨不得遠離的心境，於是，在鼓浪嶼旅行兩天一夜回到廈門之後，爾華接受了電台監製大黃的工作合約，至少會在電台工作一年。

這個決定確定之後，爾華首先通知了一向非常支持自己的母親林陳婉蓉，然後再告知對傳承家族企業非常有興趣的堂哥林毅華，自以為做了很好的交代，卻忘了最難的那一關是自己的父親！

「爸，你不要這麼氣，反正我對經營家族事業一竅不通，與其讓我回去敗家、壞事，不如讓我做我喜歡的工作，我們離得這麼遠，也省得你老是看了我就生氣，這不是皆大歡喜嗎？」

爾華盡量讓自己的語氣不要透露出太多自我嫌惡。

「你這臭小子在說什麼？你懂不懂什麼叫做責任感？你是我兒子，就該對這個家做出貢獻，不能老是想怎麼樣就怎麼樣……」林福深的火氣，正透過話筒跨海熊熊燃燒著！

爾華知道父親一時半刻不能息怒，乾脆保持安靜讓父親罵個夠，但沒忘記讓話筒離自己的耳朵大概二十公分遠，免得掛了電話之後自己也聾了。

十分鐘後，話筒那端傳來母親林陳婉蓉的聲音，「爾華？我是媽……」

爾華連忙回應：「媽……爸呢？罵累了去休息啦？」

「你這孩子……」林陳婉蓉停頓了一會兒，接著說：「為了不讓你爸爸在盛怒下飛到廈門砍你、造成人倫悲劇，媽想了個讓你『將功贖罪』的辦法……」

爾華心裡的警鐘大響，小心翼翼地問：「什麼辦法？」

「你爸爸最近有個投資計畫，恰巧就在鼓浪嶼……」原來，林陳婉蓉靈機一動，打算藉由林氏企業最新的投資計畫來消弭父子倆的衝突。

「要我去考察投資標的物？」聽完母親的計畫後，爾華覺得自己終於把母親逼瘋了。

「媽，我學的是音樂，不是商業，我哪懂什麼投資？」

「邊做邊學啊！總要拿出點誠意給你爸看看吧？難道你真的要一輩子跟你爸嘔氣嗎？我相信我兒子很聰明，一定有辦法的！等會兒我交代秘書把相關的資料快遞過去給你，有什麼問題隨時跟媽保持聯絡，OK？」林陳婉蓉不容爾華反對，就這麼把事情給定了。

掛上電話，爾華無力地抓抓頭，突然質疑起自己留在廈門的決定是對是錯？

♬ ♬ ♬

陳莉面無表情地看著包括樂樂在內的所有音樂餐吧員工們，做了下述傳達：「因為個人因素，張老闆決定收掉這間店……」

面臨即將失業的噩耗，大夥兒情緒在瞬間沸騰，七嘴八舌地追問為什麼這麼突然？又憂心忡忡地討論起何去何從……

樂樂在心裡嘆了口氣，想著或許該往廈門找新的工作？

陳莉不耐煩地繼續說：「你們不要急，新的業主說了，等餐廳重新裝潢後，有意願留下來繼續工作的都可以留任……」

孫磊忍不住爆出一聲歡呼：「哇，太棒了！新老闆簡直是佛心來的嘛……」

小楓激動地抓住樂樂的手：「太好了，我可以繼續存錢整形了！」

「妳又不醜，幹嘛整形……？」樂樂不厭其煩地重複著不知說了幾遍的勸說。「但大家還能當同事真的太好了！」

眾人你一言我一語地，淹沒了陳莉的哀嘆：「除了我……」

原來，新的業主並不喜歡陳莉的管理風格，表達了歡迎舊員工都能留任的想法後，也直接了當地請陳莉離開。而陳莉始終不明白，那位從沒跟自己打過照面的新業主，為何對自己這麼有意見？她都還沒機會對新業主狗腿一番呢！真是怪了……

陳莉萬萬想不到，買下這間店的金主，居然就是曾經讓自己在下屬面前臉上無光的——林爾華！

樂樂也絕對沒想過，自己與爾華的人生，將就此展開怎樣的糾葛與牽絆……

♬ ♬ ♬

在爾華為了父親投資標的物和自己的DJ工作間忙得焦頭爛額之際，一個因緣巧合將爾華與樂樂工作的音樂餐吧產生了連結——張老闆與大黃居然是舊識！

「大黃，你的人面廣，一定得幫幫我啊！」張老闆一臉的愁容。

「你的餐吧不是開得好好的嗎？聽說觀光客很多啊！出了什麼問題？」大黃的人面廣不廣有待查證，但個性八卦卻是肯定的，他的問題裡，出自真心的少，刺探隱私的多。

張老闆面有難色地說：「都怪我家裡那個貪心，投資錯誤，都賠在股市裡了！」原來又是個金融海嘯的受害者！

大黃展現了難得一見的熱心，四處問同事有沒有管道或人脈可以接觸到，對於接手鼓浪嶼的餐廳有興趣的金主，就這麼巧，爾華也託學長文傑問問鼓浪嶼有無適合投資的點，這兩件事就此搭上了線。

相較於張老闆的熱切，爾華一開始顯得興趣缺缺。

「林先生，我一看就覺得你是個眼光精準到位的傑出青年，你放心，我這間店位置好、客源多，要不是我欠缺周轉資金，怎麼樣也捨不得頂讓出去的……」

爾華百無聊賴地把玩著張老闆的名片，突然覺得店名很眼熟，仔細看看地址才發現居然就是樂樂打工那間店！「你這餐廳是不是靠近菽庄花園的金色沙灘區？」

「對對對！林先生果然見多識廣，肯定去過咱們鼓浪嶼囉？我這間店就是在那一帶沒錯，政府當局還計畫未來要好好將那一帶與旅遊度假相結合來擴大經營呢！正所謂前途無量啊……」張老闆趕緊抓緊機會大吹大擂一番。

爾華對張老闆的吹噓一點興趣也沒有，他滿腦子想著的都是怎樣規劃一間真正有特色的音樂餐廳，還有樂樂見著了他會有怎樣的反應？樂樂的笑顏、精湛的琴藝正竄進爾華的心底……不可否認，爾華為樂樂深深著迷！

「OK，我有興趣，你打算多少錢要頂讓？」這個決定下得比留在廈門電台當DJ更倉促，但爾華考慮的時間僅只一分鐘。

張老闆愣了一秒鐘，便趕緊拿出合約。

林福深在台灣的事業是以經營大型連鎖餐館起家的，生性保守謹慎的他，會同意爾華貿然投資結合海景、音樂與酒吧的新型態個性化餐廳嗎？

文傑擔心地拉住爾華耳語：「要不要先問過伯父啊？我上次聽你說，伯父比較屬意美華浴場附近的點啊……」

「別擔心，我會搞定！」爾華看起來的確一點也不擔心。他決定再度先斬後奏，私自挪用了原本要投資在美華浴場附近連鎖海鮮餐廳的資金……

PAGE

VOL.3 〈愛情樂曲第三章〉——

遇見・愛情島

終於到了「Love Island——愛情島」開幕的這一天，舊員工們都好期待見見那個又善良又神秘的新老闆。

「聽說新老闆是個很有錢的台灣人……」

「還是個年輕人呢！」

「年輕又多金？那豈不是黃金單身漢了？」

同事們七嘴八舌討論得熱烈，樂樂倒是一副事不關己的模樣，老闆是誰對她來說不重要，重要的是快要從大學畢業的她能靠這份工作養活自己、分擔媽媽的辛勞之餘，還能盡快攢下一筆出國留學的費用，那才是她所關心的。

就在接近開幕剪綵的好時辰之前，海克接到新老闆通知，要樂樂上台彈奏馬勒的第七號交響曲——《夜之歌》做為開幕的開場樂。

「哦？新老闆挺有雅興的，我還以為會用煙火和流行電子樂來開場呢！」樂樂邊叨唸邊上了演奏台。

樂樂從厚厚一疊樂譜中找出馬勒第七號交響曲，從容不迫地演奏著。

爾華刻意隱身在眾多上門道賀的賓客間，靜靜欣賞樂樂的演奏，就在樂樂演奏到第四樂章——《深情的行板》時，終於忍不住來到樂樂放眼所及之處，靜靜地對她行注目禮。他實在太喜歡樂樂傳達出的溫暖、朦朧、可愛與平靜。這是深情款款，憧憬愛情的夜曲！

樂樂演奏時一向專注，此時卻不能不被爾華的出現深深干擾。天！又是他……樂樂分不清心中的聲音是驚喜？還是驚嚇？

出於演奏的本能，樂樂流暢地來到第五樂章──《輪旋曲》，以明朗快樂的節奏、雄壯威武的曲式，一種無可比擬的輝煌感受，來揭開慶賀的序幕！

樂樂起身接受如雷貫耳的掌聲，並趁機問爾華：「你怎麼在這兒？」

爾華聳聳肩，笑而不答。

樂樂滿懷疑惑地看著爾華，覺得他好愛搞神秘！自己在他面前總有種被耍著玩的感覺，即使是那段一起哼著曲、漫步在月光下的浪漫時光也是這樣。

開幕酒會的主持人突然介紹爾華上台，「各位來賓，我們請『Love Island──愛情島』的老闆林爾華先生上台為我們說幾句話……」

樂樂這才知道，原來爾華成了自己的新老闆！而她，並沒有錯過爾華上台前，臉上那抹曾經讓她深惡痛絕的戲謔神情……

一整個晚上，樂樂都維持一副悶悶不樂的模樣。

孫磊帶著憂慮開小差來到樂樂身邊，「樂樂，妳是不是跟我一樣擔心被『秋後算帳』啊？」他想起自己好像曾經「得罪」過爾華?!

樂樂搖搖頭，「我才不擔心這種事呢！」

「那妳怎麼一副不開心的樣子啊？」孫磊好奇地問。

「沒……」樂樂不想說，也不知從何說。

孫磊見樂樂不說，沒趣地摸摸鼻子走人。

店裡來了不少客人，整間店顯得鬧烘烘的，樂樂沒了以往幫著跑堂的興致，乾脆溜到戶外透氣。

不遠處傳來拍岸的海潮聲，忽緩忽急，自成一種得以安撫人心的韻律，樂樂乾脆閉上眼睛，深呼吸，然後聆聽。

「妳聽見什麼？」爾華低沉的聲音竄入樂樂耳裡。

樂樂嚇了一跳，但依舊閉上眼睛，思索著為什麼爾華的聲音會帶給她一種莫名的熟悉感？她還沒將爾華與自己最喜歡的DJ「α」聯想在一起……

「我聽見……中華白海豚在海面上開派對……」樂樂正經八百地回答。

爾華微笑了。「那麼，妳也聽見海妖誘惑船員的歌聲囉？」

樂樂睜開眼，定定地望著爾華：「林老闆……」

爾華笑了笑，「別這樣喊我，我不太習慣這稱呼……」

「好，林先生。」樂樂頓了一會兒，思索該怎麼說：「謝謝你讓我們保住了飯碗，在這麼不景氣的大環境裡，能保有一份工作真的很不容易，謝謝！」

「這沒什麼，反正店裡也需要人手，與其重新訓練一批新人，不如留下原有的員工，大家有錢賺，我也省事，何樂而不為呢？」爾華聳聳肩，不覺得自己這決定有什麼了不起的。

「像你這種家世背景的人，當然不理解市井小民為生活終日奔波的苦。」樂樂的口氣裡不帶一絲感情。

爾華感覺不太舒服地：「我從沒刻意彰顯過自己與一般人有何不同，有錢的不是我，是我父親，妳該叫一聲老闆的人不是我！我充其量不過是個暫時的經營者罷了。」

樂樂覺得自己剛剛口氣好像差了點，卻又不想道歉，甚至不知打哪兒借來了熊心豹子膽：「我總覺得自己被你耍了！你一次又一次出人意表地出現，又一陣風似地消失……話也不說清楚，讓人迷迷糊糊的……你……為什麼要頂下這間店？又為什麼繼續出現在我眼前呢？」

「我……」爾華幾乎要脫口說出自己喜歡她，但又怕真的嚇著她，只得拐個彎：「我喜歡妳的演奏……尤其是剛剛的第四樂章——深情的行板，深情款款，充滿溫暖、朦朧、可愛與平靜。」

樂樂皺了皺眉頭，「你這是答非所問嘛！」

「妳不會想聽的……」爾華嘆了口氣。

樂樂望著爾華凝視著自己的灼燦眼神，突然感到一陣戰慄，不知道該怎麼反應的她，選擇轉身快步跑開。

爾華笑了笑，低聲地說：「老是一陣風似地離開的，總是妳啊……」

♬　♬　♬

爾華其實不常出現在「愛情島」，一來他有自己的電台工作要忙，再者也是避免讓樂樂尷尬的一種體貼。

偶爾到店裡去，爾華總是安靜地坐在吧台邊與海克有一搭沒一搭地閒聊，因為有新聘的店經理，於是，他不太過問店務，也不太與員工們交談，保持著一種不帶溫度的安全距離。

樂樂快要畢業了，除了在爾華店裡的演奏工作，還接下鋼琴博物館下午時段的定時演奏表演，另外也積極地投履歷到廈門及鼓浪嶼的音樂學校，希望能覓得一份有固定收入的安定工作。

為了畢業公演的演奏，樂樂選了貝多芬的第十四號鋼琴奏鳴曲Quasi una fantasia《月光》，閒暇時積極練習，偶爾也在店裡試著演奏。

這天，爾華剛踏進店裡，便聽見樂樂以純熟的技巧演奏這首曲子的第一樂章，那是持續的慢板（註1），左手不斷流洩的三連音符引導出無限的想像，右手則演奏出祈禱一般幽靜的主題。宛如泣訴內心的惶惑與悲傷，愛情可遇不可求的無奈，令聽者莫不動容……

「Quasi una fantasia……幾乎是幻想曲……」爾華在吧台坐了下來，說出義大利原文的意思。

海克遞上爾華喝慣了的威士忌，隨口接了句：「接著是第二樂章，明明是行雲流水般的小快板（註2），卻是在泣訴失戀的心情，反差真大啊！」

爾華抬起眼看了看海克，然後心虛地躲進酒杯裡。沒這麼明顯吧？他一直覺得自己把對樂樂的感情掩飾得很好……但，也或許這就是所謂的「當局者迷」？會不會在某個不經意流洩的眼神中，他早已透露了太多？

遠遠看著樂樂與孫磊、小楓開心談笑，爾華心裡有點羨慕。他是個獨生子，因為雄厚的家世背景，從小深受家人保護的他也沒什麼真心交往的朋友，除了大學時期幾個在音樂方面興趣相投的同好、學長以外，爾華跟個獨行俠沒啥兩樣。

樂樂展開最燦爛的笑顏，像一朵盛開的太陽花，耀眼而迷人。爾華凝視著，像是要把這朵花拓印在心版上那樣深刻的凝視著，直到樂樂感受到他的目光，爾華才略顯狼狽地收回視線。

「林先生，這是我的畢業公演邀請函。」樂樂上前，將邀請函遞給爾華。

爾華訝異地接過邀請函，朝樂樂微笑：「謝謝，我一定會去的。」

樂樂因為欣喜紅了臉，「也不是非去不可，但如果你有空的話，很歡迎你！」

「嗯……」爾華靜默著。

兩人的對話，突然凝結成一個尷尬的、語氣尚未完成的刪節號。

樂樂的畢業公演，幾乎所有的同事都到場，爾華還特地交代海克訂了極為顯眼的祝賀花籃，一路從校門口排到會場門口，聲勢驚人。

♬ ♬ ♬

「樂樂，怎麼有人送這麼多花籃給妳啊？送花的人一定很欣賞妳！」陪同樂樂出席的王月霞張大眼睛讚嘆，當媽媽的驕傲與可愛的虛榮都寫在臉上。

「是我們老闆送的。」小楓搶著回答。

王月霞一臉訝然：「是哦？你們老闆人真好。樂樂啊，記得謝謝人家啊！」

樂樂望著花籃上的署名愣愣地發呆，忐忑地猜測爾華會不會親自出席？

「看來愛慕者有增無減哦！」容麗上前拍拍樂樂的肩膀。

「什麼愛慕者，是我老闆。」樂樂白了她一眼。

容麗驚嘆：「哇！對員工這麼大方的老闆，也挺少見的……」

樂樂不自在地擠出一個微笑：「妳別瞎說，我們老闆的確是個大方的人，不光是對我，對每個人都是這樣的。」

「好啦！不逗妳了，快準備上台，妳可是今天公演的主奏呢……」容麗推搡著樂樂往後台去。

趕在樂樂上台前一分鐘，爾華才急忙到場。為了不干擾他人，他刻意選了個靠近會場門邊的位置坐下，剛坐下就聽見身旁的人低聲耳語。

「妳聽說沒？殷樂樂放棄了茱莉亞音樂學院研究所的入學資格。」

「真的假的？這麼好的機會幹啥放棄？她不是音樂系的高材生嗎？當初好幾個教授都替她推薦背書呢！」

「就是啊，聽說徐教授失望極了！好像是家裡經濟不好，無法支持她出國的費用才忍痛放棄的……」

爾華聞言心頭一震，替樂樂感到惋惜不已，正想轉過頭詢問細節，會場卻響起一片如雷掌聲，樂樂已然優雅地上台準備演奏……

♬ ♬ ♬

畢業公演順利地落幕，樂樂在一幫同學的簇擁下走出會場，整個人幾乎被成堆花束給淹沒。

爾華考慮了一會兒，等樂樂的同學們都散去後，走上前道賀。「樂樂，恭喜妳！演出很成功。將來，妳一定會是個出色的演奏家。」

樂樂愣了愣，想起自己放棄的機會，心裡忍不住一痛，勉強微笑：「謝謝。」

爾華刻意地：「妳應該會繼續深造吧？這麼好的天賦，可不能就這麼打住了。」

「我……」樂樂接不上話，臉上的笑容頓時隱去。

「看來，妳是真的放棄了出國深造的機會……」爾華嘆氣似地看著她，「那多可惜啊！」

樂樂驚愣：「你怎麼知道？」

「先別管我是怎麼知道的。」爾華很誠懇地望著她：「如果妳是迫於現實無奈才忍痛放棄，或許我可以提供妳一些協助……」

樂樂此時最不需要的就是他人的憐憫與施捨，尤其是爾華的。她尖銳地豎起一道防衛網：「不用了，林先生。謝謝你的好意，真的不需要！」

話一說完，樂樂轉身欲走，爾華連忙拉住她：「樂樂，妳別急著拒絕，妳相信我，我絕對沒有別的意思，純粹是愛才啊！」

樂樂一臉倔強：「但這是我的人生，我自己負責……」

「正因為事關人生，我才不忍心看妳做出錯誤的決定啊！」面對樂樂的執拗，爾華突然感到一陣火大。

「就算是錯誤的決定，那也是我的事。」樂樂刻意用強調的語氣這麼說，絲毫不留情面。

爾華皺起眉頭：「好，算我多事！」

「對不起，我媽媽還在等我，我先走了。」樂樂知道爾華是出自關心，但她真的不習慣，也放不下莫名其妙的自尊，此時，她只想挺直背脊走人。

爾華氣惱地瞪著樂樂走遠的背影，心裡真想撬開她的腦袋瞧瞧，到底為什麼這麼固執？

♬ ♬ ♬

樂樂畢業後，除了在鋼琴博物館和「愛情島」的演奏工作，還利用空閒時間在好幾所私人音樂學校兼職授琴，時間幾乎被工作佔滿，因此，晚上也不像以前那樣留在店裡幫忙，而是趕著回家陪伴媽媽。

在畢業公演之後，樂樂與爾華就不再說話了，兩人即使在「愛情島」裡碰了面，也僅是淡淡地點頭招呼，連句問候都不曾有。

有一次，孫磊按捺不住好奇問樂樂：「奇怪，妳跟林先生之間有過節嗎？怎麼都不說話的呀？」

樂樂避重就輕地回答：「沒有過節啊，就……沒有交集，也沒什麼好說的。」

「林先生平常是不怎麼到店裡來，但還是挺關心我們的，也會噓寒問暖，怎麼跟妳特別沒話說呢？他不跟妳說話，妳就不能跟他打招呼嗎？」孫磊鍥而不捨。

「我有啊，點頭、微笑，沒吝嗇過。」樂樂此話不假，除了說話，該有的禮貌她都顧及了。

即使樂樂這麼說，孫磊和小楓、海克私下還是研究討論過，一致認為爾華與樂樂分明就能好好相處，只是為了一個外人不明白的理由，堅持拉開彼此的距離。

樂樂自己也想過這個問題，爾華當初那番話其實不帶絲毫惡意，出發點也是善意的，為什麼自己就這麼耿耿於懷呢？說到底，真的就是自尊心作祟！

週末夜，樂樂被小楓以提前過生日為由留了下來。「樂樂，今天同事們替我提前過生日，妳再怎麼急著回家陪伯母，也等我切了蛋糕再走吧？」

樂樂考慮了一會兒，點頭：「唔，先說好，我只能待到十一點，再晚可不行。」

小楓樂得一把抱住她：「哇！太好了，說真的，自從妳畢業後變得好忙啊，別說出去玩，就連一起吃頓飯的時間都沒有呢！不管，今天妳得多留一會兒，晚點兒我們送妳回家就是了。」

樂樂聽小楓這麼一說，心裡也湧起一陣感慨，自己這陣子以來的確藉著忙碌來逃避著一切……包括她的家人與好友，她的遺憾與夢想……

「那今天要來個不醉不歸囉？」孫磊起鬨。

「誰要跟你不醉不歸啊？我們可都是良家婦女耶！」小楓不買帳地啐道。

樂樂也幫腔：「吃蛋糕可以，喝酒免談！」

大夥兒正討論得熱鬧，爾華突然推門而入，氣氛頓時一片凝滯。

爾華習慣在週末夜到店裡來，一方面瞭解營業狀況，另一方面也讓自己在音樂與酒精中放鬆，只是沒有預料到會因此遇見晚歸的樂樂。

「這麼熱鬧啊？」爾華愣了一會兒後向大家打招呼。

「林先生！你來的正好，大夥兒要給小楓提前過生日，待會兒要切蛋糕呢！」海克趕緊邀請爾華與大家同樂。

「小楓生日快樂！剛剛我是不是聽到不醉不歸這幾個字啊？那打烊後就由店裡提供兩打香檳給大家開心、開心好了！」爾華的大方引起眾人一陣歡呼。

這夜，「愛情島」的氣氛是熱絡歡樂的，上門消費的客人們似乎感染了服務員們的活力，也玩得特別開心，甚至呼朋引伴地聚集了越來越多的人。

一個原本就在他處喝得差不多的男子，也不知道是被誰給得罪了？亦或是特意找碴？賴在吧台邊說什麼都不肯走，搞得海克一個頭兩個大。

「給我酒！你個死老外，聽不懂人話是不是？」醉漢已經開始出言不遜了。

海克耐著性子送上冰開水：「您說的是人話，我自然聽得懂。先喝杯水醒醒酒吧！」

「媽的，你這是在暗指我不是人啊？混蛋！」醉漢聽出海克的揶揄，一副怒不可扼的模樣。

爾華上前瞭解狀況，「這位先生，有話好好說。」

「說?說你個頭!」醉漢拿起玻璃杯砸往海克。

海克身手矯健地往旁邊一閃,醉漢見狀,隨即一個翻身跳進吧台裡,與海克扭打成一團,與醉漢同行的友人見狀也跟進。

眼看場面火爆,店裡的客人紛紛走避,孫磊、爾華等人情急下也跟著進入吧台試圖制止,衝突卻一發不可收拾!

「別打了、別打了!」小楓嚇壞了,哭喊嚷叫。

店經理趕緊打電話通報公安,也急著安撫、疏散其他客人。

樂樂原本也嚇傻了,愣看著莫名其妙發生的衝突不知該如何是好,想走避一旁,卻雙腿發軟,只能傻站在那兒。

爾華發現樂樂所站的位置離衝突點太近,一拳解決了鬧事者之一後,連忙翻出吧台,來到樂樂身旁喊道:「妳傻啦?沒看見這兒很危險嗎?快躲開!」

樂樂的雙手寒涼,緊緊地攢住爾華不放,她發現爾華有種讓人安心的特質,好像待在他身邊就不會有危險似的,正當她要回話時,發現一個酒瓶正往爾華頭上砸來!沒時間多想,樂樂一把推開爾華,以雙手硬生生地擋住了那一擊……

世界彷彿安靜了下來……

有那麼一刻,爾華還以為自己的呼吸也跟著停止了!

樂樂的雙手被玻璃酒瓶狠狠地劃開幾道好深好長的口子,傷口上沾黏著大大小小的碎片,噴湧而出的鮮血染紅了衣袖。

闖禍的醉漢發現情況不對，酒也醒了大半，丟下酒瓶轉身就跑，其餘的滋事分子也紛紛跟著離開。

海克、孫磊等人顧不得傷，大夥兒聚集在樂樂身邊，鎮定點的拿來醫藥箱，嚇得不知該如何是好，幾個女孩則是急得哭了出來，更添混亂。

「樂樂！」爾華試圖按壓樂樂掌心和手腕上的出血點，急忙轉頭吩咐：「快！叫救護車！」

樂樂不知是太疼還是嚇壞了？整個臉色慘白，嘴唇囁嚅著卻什麼都說不出來，抬頭看了爾華一眼，隨即暈厥在爾華懷裡……

♬　♬　♬

王月霞接到通知，急忙趕往鼓浪嶼醫院瞭解狀況，不料，迎接她的卻是個晴天霹靂！

「大出血的狀況穩住了，過陣子，手上的疤痕可以利用整形手術去除，外觀影響不大。但是，她的左手腕肌腱斷裂，造成神經損傷，損害程度還需要再評估……」醫師小心翼翼地告知。

王月霞擔憂地追問：「肌腱斷裂會不會影響她手部的功能啊？」

「嗯……影響程度我們還不敢斷定，初步評估大概需要四到六個月的復健時間才能完全康復、痊癒，在復健的這段時間裡，日常生活不至於會有太大問題……」醫師看了看病歷，突然沉默不語。

「醫師？怎麼了？」王月霞感到一陣恐慌。

一直在一旁默不作聲的爾華上前安慰，「伯母，我是樂樂的老闆，林爾華。今天在店裡發生的意外，我會負起全部的責任，包括樂樂的醫藥費、術後照顧等，我都會負責，您別擔心。」

王月霞轉過頭看了爾華一眼：「樂樂跟我提過你，你就是那個對員工很好的年輕老闆……謝謝你平常對樂樂的照顧。我不擔心醫藥費，我擔心的是樂樂的手……那不是平常人的手，那是鋼琴演奏家的手……」

醫師清了清喉嚨，繼續往下說：「我必須很遺憾地告訴您……傷患的手短時間之內要能恢復基本功能不難，但要能像以往一樣彈奏鋼琴……恐怕是不可能了。」

王月霞眼前一黑，癱軟倒地，忍不住放聲大哭：「天哪！這麼殘酷的事要我怎麼跟樂樂說……樂樂啊！我的乖女兒啊……」

爾華的臉色「唰」地一聲慘白，他非但沒能幫助樂樂完成進修的理想，反而因為保護不周而斷送了她的音樂路?!不該是這樣的……

♬　♬　♬

在醫院裡休養的那段時間，樂樂總是樂觀地抱持著自己只要努力配合治療、加上積極的復健，總能有康復的一天。

可是，隨著日子一天天過去，左手腕依舊使不上力，手指依舊麻木遲鈍，樂樂開始懷疑自己的傷勢可能不如眾人所說的那般輕微、樂觀。

「醫師，請你告訴我，我的手到底怎麼了？為什麼始終沒什麼起色？」樂樂勉強以右手捧住左手，雙眼緊盯著醫師看。

「這……」醫師不知道該不該說實話，只能支吾其詞。

「醫師，我是個成年人了……」樂樂嘆了口氣。

「妳的復健期至少還要半年，急不得……」

「但我現在簡直像個廢人，不管是吃飯還是洗澡，都只能用右手，左手是不痛了，但稍微用點力就一陣麻，幾乎完全使不上力，這是正常的嗎？」

「別忘了，妳左手的傷比較重，恢復也比較慢，這是必然的過程。妳別想太多，安心休養、努力復健就是了。」醫師躊躇著，決定再瞞樂樂一段時間。

樂樂卻在看見醫師眼神中的閃躲時，證實了自己的猜測。

醫師離開後，爾華帶著請店裡廚師精燉的補湯來探視樂樂，卻剛好目睹樂樂潰堤的淚水。

「樂樂？怎麼了？手很疼嗎？」爾華趕緊上前安慰。

「沒……」樂樂以手指快速抹去淚水，但淚水來的速度卻讓她顯得有些措手不及，晶瑩淚珠成串往下墜。

「都怪我不好，居然讓妳挨了那一下……」爾華心疼地看著她，得花好大的力氣才能忍住不伸出手為她拭淚。這段日子，自責始終沒有放過他。

樂樂皺了皺眉頭，「不是你的錯，你不要那麼想……」

「我想，現在說這些都於事無補，最重要的是怎麼讓妳早點康復。醫師剛走？」爾華強打起精神。

樂樂沒說話，點頭時，淚珠又隨之掉落在衣襟上。

「醫師說了什麼？怎麼把妳惹哭了？」爾華抽了張面紙遞給樂樂。

樂樂抹去眼淚，搖頭：「醫師沒說什麼，他只是沒說實話……」

爾華一怔，心裡清楚樂樂早已察覺不對勁，仍是鎮定地安慰：「妳別胡思亂想，醫師怎麼會騙人呢？」

樂樂伸出右手，顫抖著扯住爾華的衣襬，「我的手……我的手是不是再也不會好了？是不是再也不能彈琴了？如果你知道實情，請你告訴我，別哄我！別再把我當成三歲小孩！」

眼見樂樂如此激動，爾華顯得有點慌亂，沉默了半晌才點頭說道：「是……的確是有一定程度的影響……」

樂樂張大美麗的雙眼，試圖從爾華臉上找出更多的線索，「有……有多嚴重？」

爾華搖搖頭，「我不知道。但，要能像以往那樣，據說是很難了……」

樂樂驚訝地站起身，又搖搖欲墜地坐跌回床上，「你說什麼？我不能像以往那樣彈奏鋼琴？」

「也許沒能像以往那般出色，有些比較難的技巧可能得花點時間再練練，但我想，彈奏鋼琴還是可以的……」爾華試圖婉轉地安慰。

樂樂最擅長困難指數高的圓滑奏、手腕斷奏和八度滑音演奏，如果她的手不再像以往那樣靈巧，不再能彈奏高難度的樂曲，那麼，她這輩子還能做什麼？她這個人的驕傲與價值又在哪裡？媽媽費心栽培的心血白費了，她多年來的努力更是白費了！

「不……不！」樂樂不敢再往下想，整個人趴倒在枕頭上，將那一聲聲痛徹心扉的哭嚎埋進枕頭裡。

爾華伸出手欲拍撫安慰樂樂，卻又覺得自己此時的安慰根本起不了任何作用，伸出去的手又緩緩地收了回來，對樂樂的傷心有著無能為力的哀嘆。

此刻只能靜靜地陪伴，等待樂樂從悲傷中站起來，只是，那一天什麼時候到來？爾華也沒有把握……

註1：慢板——義大利文原意是「閒暇」，因此，它在徐緩之中，帶有悠然的閒意。它的風格是柔和、溫雅優美，多用裝飾音及流暢的進行。

註2：小快板——這字的原意是「愉快活潑」。在樂曲中，它不獨表明其速度，也說明其風格「快活生動」。

PAGE

VOL.4 〈愛情樂曲第四章〉——

Blue Moon

巴。

出院返家後，樂樂瘦了，也沉默了。除了與媽媽不得不的日常交談，樂樂幾乎成了個啞巴。

容麗等幾個學校裡要好的同學得知樂樂的變故，紛紛趕來樂樂家探視，樂樂卻說什麼也不見客，整日把自己關在不見天日的房裡。

王月霞好說歹說勸開了樂樂的房門，卻在樂樂那句：「我不能更自卑了……」的頹喪話中，悄悄地替樂樂關上門。

海克幾個也常來探視樂樂，樂樂雖不至於拒絕，卻也總是靜靜地不說一句話，跟以往那個開朗的樂樂相比，真是完全變了個人，讓海克等人也覺得束手無策。

最常往樂樂家裡跑的，就是爾華了。

爾華不擔心與樂樂無言相對，沒話說的時候，就拿出隨身的音樂CD，兩人靜靜地沉浸在音樂中，也是一種美好。

樂樂偶爾開口說話，總免不了自怨自艾，「你為什麼要浪費時間在我這種廢人身上呢？就算我的手傷康復了，回店裡去也只能端端盤子罷了！」

爾華便想盡辦法說些冷笑話猜謎逗她開心。「樂樂，猩猩跟猴子很怕一種線，請問那是什麼線？」

樂樂冷眼看他，爾華卻正色說道：「平行線！因為沒有相交（香蕉）。」

樂樂忍不住噗哧一笑，罵了聲：「無聊。」但神情卻顯然開心許多。哪怕只是一個輕笑，只要樂樂的心情稍有起色，爾華就跟著開心了。

「樂樂，妳聽過Blue Moon藍月亮嗎？」爾華看著樂樂，很認真地問。

「藍月亮？那是什麼？」樂樂的好奇心被勾起。

「在天文曆法和年鑑中，當一個月出現兩次滿月時，第二個滿月就被賦予一個充滿神秘浪漫色彩的名字——藍月亮(Blue Moon)。浪漫派的說法裡，那是指極其稀有珍貴、難以實現的願望。傳說，只要能看到藍色月亮的人們，都會美夢成真。」

樂樂聽傻了，「世界上真有藍色月亮？」

「當然不是說月亮真是藍色的，只是個浪漫的名稱罷了。但的確有一個月出現兩次滿月的時候哦！不容易，但真的存在。」爾華笑著摸摸她的頭。

樂樂沒有拒絕爾華的撫觸，眼睛裡晶晶燦燦的。「如果，我能見到藍色月亮，那就代表有機會美夢成真？」

爾華也許懂得說童話，但絕對不是個迷信童話的人，他只是聳聳肩，輕聲說了句：「也許……」

♬ ♬ ♬

爾華驚訝地看著大黃，「你說要我協辦鼓浪嶼沙灘音樂祭？」

大黃點點頭，理所當然地說：「聽說台灣舉辦沙灘音樂祭行之有年，北有福隆南有墾丁，你從台灣來的，又是玩音樂的，一定很熟！」

「看過豬走路，就代表一定吃過豬肉嗎？」爾華不以為然。

「至少可以提供相關的協助，例如評審啦、發掘新興樂團啦什麼的。」大黃一心想在電台總監面前邀功，想都沒想就擅自替爾華攬了這份差事。

爾華搖搖頭：「不行，我很忙，沒空搞這些有的沒的。」

大黃哼了一聲，「那好，我們如果不承辦，明年的節目預算就等著被大砍特砍好了，你反正紅的很，沒差，可是你想過文傑他們幾個沒有？」

「你……」爾華聽出大黃的威脅之意，氣得冒火。「這是在威脅誰啊？」

「當然不是威脅你這個大紅人啦！」大黃擺出一副小人嘴臉。

爾華耐著性子考慮了一會兒，「好！我同意，但我要全權自主，電台可以有意見，但不可以有過多干涉！」

大黃心想，反正說一套做一套我最行，先讓這小子答應再說！「好，一言為定！」

就這樣，爾華一頭栽進沙灘音樂祭的工作裡去，無暇顧及「愛情島」的營運，甚至抽不出空去探望樂樂……

♬ ♬ ♬

孫磊拿著報紙衝進「愛情島」，抓著海克與小楓急驚風似地：「你們聽說沒？廈門電台最火的DJ「α」要到鼓浪嶼來辦沙灘音樂祭耶！」

「這消息老早傳遍整個鼓浪嶼了，你會不會太後知後覺了點？」小楓翻了個白眼，轉身欲走。

孫磊急忙拉住她：「可是妳知道這個神秘的『α』是誰嗎？」

海克湊上前：「誰？」

小楓則興致缺缺，甚至有些嗤之以鼻：「海克你別理他，這麼多狗仔記者都沒查出『α』的盧山真面目，憑他孫磊有哪點本事知道啊？」

孫磊不服氣地挺起胸膛：「誰說我沒那本事？老天爺就是要讓我來公諸真相的！告訴你們，那個『α』就是咱們老闆——林、爾、華！」

「嗄？」、「什麼？」小楓與海克同時瞪大雙眼盯著孫磊看，然後爆出一陣狂笑，擺明不相信。

「別笑，我說真的。」孫磊氣極了，「你們不覺得『α』跟爾華根本就是諧音嗎？」

「那只是巧合罷了。」小楓還是不信。

「可是我剛剛到黃金沙灘去看熱鬧，真的看見林先生在那兒啊！他身邊跟著一群工作人員，工作人員身上都穿著電台背心，你們說，如果林先生不是『α』，他有必要撇下『愛情島』去搞什麼沙灘音樂祭嗎？」孫磊霹哩啪啦全說了。

海克與小楓面面相覷，這才開始思考孫磊話中的真實性……

♬　♬　♬

爾華對海克點頭：「沒錯，我就是『α』。」

海克不理解地問：「為什麼不讓大家知道呢？」

「也沒有不讓大家知道，是沒有公開的場合跟機會。反正，當DJ也不是多了不起的事，跟經營餐吧一樣，只是一份工作。」爾華聳聳肩。

海克這個老外顯然不是很懂中國人愛看名人熱鬧、崇拜偶像明星的習性，爾華不表明自己另一個身分，自然有許多不得不的考量，只是一時半刻很難說得分明。

「啊！你應該讓樂樂知道你是誰，你知道嗎？她好崇拜『α』，好喜歡『α』的節目的！」海克想起樂樂總是定時收聽「α」的節目。

「所以？」爾華愣住。

「她這陣子把自己關起來，如果你用老闆以外的身分接近她、開導她，說不定更容易引導她走出封閉啊！」海克提議。

「是嗎？」爾華卻不那麼肯定……

♬ ♬ ♬

海克耐著性子敲開樂樂的房門，遞給她一張沙灘音樂祭的報名表。

「這是什麼？」樂樂接過來，不感興趣地瞄了一眼。

「音樂祭業餘表演樂團的報名表！」海克的聲音高亢。

樂樂一臉莫名其妙：「這跟我有什麼關係？我又不玩樂團。」

「是過去不玩，不代表現在或以後都不玩！」海克親暱地摸摸樂樂的頭髮。

樂樂不悅地皺眉：「海克，你在開我玩笑嗎？」她舉起左手，「我好不容易能端起吃飯的碗，可是連扣釦子都還有點吃力，你要我玩什麼樂器？」

海克走上前安撫她：「樂團不是只能玩樂器，妳可以唱歌啊，也可以創作啊！」

「別鬧了！我哪行啊……」樂樂怎麼都無法接受這提議，她覺得海克簡直是瘋了，這提議太瘋狂了！

「誰說不行？走——」海克不由分說，拉著樂樂往外走。

「去哪兒啊？海克，你等一下……」樂樂極力反抗。

海克卻像吃了秤鉈般鐵了心，「我們放任妳關在自己的世界太久了，這回妳得聽我的！妳得重新振作起來！」

樂樂頭一回見到海克這麼嚴肅的樣子，有點嚇著了，卻也感動於他略顯霸道的關心，索性任由他這麼一路拉著自己走……

♬ ♬ ♬

海克帶著樂樂來到還沒開門營業的「愛情島」。

漆黑的演奏台上，傳來一陣優雅的琴聲，是樂樂沒聽過的曲子。

孫磊背著吉他，小楓拿著沙鈴，海克則從容地從吧台裡拿出薩克斯風，三人隨著琴聲合奏。

樂樂不敢置信地走上前，發現彈奏鋼琴的正是爾華。「你……」

爾華朝樂樂展開一個微笑，又向她招招手：「這曲子叫做藍月亮（註1），歌詞在這兒，妳試試？」

樂樂像是被催眠了似的，不由自主走上前接過歌詞，跟著曲調低聲哼唱：

哦！涼山的藍月亮，妳又飄進了我夢裡

夢裡妳成了我的新娘，成了我的幸福
妳蔚藍的雙眼，隱藏著妳的幸福
妳飄逸著的黑髮洋溢著妳的甜美
妳藍色的溫柔是我一生的守候
妳羞澀的臉龐是我永遠的牽掛
藍月亮，涼山的藍月亮
不管幸福要等多久，疼愛的永遠是妳……

很簡單的詞曲，卻讓樂樂濕了眼眶。

爾華走向樂樂，「我果然沒看錯人，妳的嗓音很嘹亮，非常適合唱歌……」

「我……我不行啦！雖然我在學校選修過聲樂，可是，我從來沒有在公開場合唱過歌，何況，唱歌從來也不是我的興趣……」樂樂連忙拒絕。

小楓走上前，「這裡的每一個人從來也都不是玩樂團的人，可是妳剛剛聽過我們合奏，還覺得有什麼不可能的嗎？」

「就是、就是！就連小楓這個音癡都能跟上節拍，這世上哪有不可能？」孫磊不忘糗了小楓一頓，換來一陣好打。

「我……」樂樂低頭望著自己的左手。

「妳只是對自己失去了信心。妳還這麼年輕，人生的路還很長，就算這輩子都不能再彈琴，難道沒有別的路走嗎？為什麼不從跟大夥兒一塊兒組團試試看呢？不能當個演奏家，那就試著當個歌唱家啊！像殷承基（註2）那樣偉大的歌唱家！」爾華鼓勵著樂樂。

樂樂低頭啜泣，心裡充滿了感動與恐懼。

海克走上前攬住樂樂的肩膀：「妳可以的！」

樂樂抬起頭看他：「你真的覺得，我能克服我的恐懼嗎？」

「不試試看怎麼知道？也許妳天生就是屬於舞台的啊！」海克忍不住捏捏她哭紅的鼻子。

小楓和孫磊也跟著走上前，幾個年輕人互相擁抱，爾華也忍不住動容。

♬　♬　♬

空氣裡終年飄散著琴聲的鼓浪嶼，因為沙灘音樂祭的到來，充斥著一種與經典和優雅大相逕庭的活力氛圍，許多年輕樂團紛紛來到鼓浪嶼，等著參加這難得一件的樂壇盛事。

以樂樂為主唱的「Love Island」樂團也報名了這次的業餘樂團表演賽，生活中有了重心，樂樂不再鬱鬱寡歡，整個人也亮眼許多，恢復成以往那個燦爛如花般的女孩。

海克固然功不可沒，可是爾華才是那個給了樂樂新希望的人。

爾華為了支持樂樂重新站起來，不但推辭了有機會大出鋒頭的評審工作，更表明自己不願在這場盛事中掛名任何的活動職稱，寧可隱身在大黃及文傑等人之後，只為了能如願擔任「Love Island」的鋼琴伴奏，即使表演賽根本毫無獎項可得。

「Love Island」的每個成員都知道，這是一場只有過程沒有結果的辛苦差事，卻個個都摩拳擦掌、全力以赴，為了陪樂樂走過這一段……

果不期然，「Love Island」的組合雖然稀鬆平常，可是樂樂乾淨嘹亮的嗓音卻引起媒體關注。

「哇！這女孩是誰啊？歌聲好棒……」

「長相也不錯，稍微包裝一下就是個偶像了！」

尤其是樂樂曾經被視為鋼琴演奏家明日之星、卻因意外斷送前程的背景，更是媒體眼中值得大書特書的新聞價值。

就這樣，樂樂從一個小海島上沒沒無名的年輕女孩，成了媒體版面上被大肆討論、備受矚目的歌壇新星！

「請問妳有計畫踏入樂壇嗎？」曾有記者在訪問中這樣問過。

樂樂笑著搖頭：「沒有，組團參加表演賽只是圓一個大家的夢，證明沒有樂團底子的我們，可以憑著對音樂的熱愛完成一個不可能的任務，這樣就夠了。」

「妳有這麼好的嗓子，為什麼不好好把握機會呢？」記者又問。

樂樂想起自己曾經放棄的機會與夢想，豁達地說：「人生的機會不可能只有那麼一次，我曾經放棄過人生中最好的機會：出國深造、成為一個演奏家。比起那種痛徹心扉的放棄與遺憾，我覺得此時選擇不當歌手，根本沒有什麼好遺憾的……」

「那麼，妳現在最想做的是什麼呢？」記者不死心地追問。

樂樂想都沒想：「跟我最親愛的夥伴們在『愛情島』當個跑堂的服務員！」

這是個讓人跌破眼鏡的回答，樂樂的眼神中卻閃爍著最真誠的笑意。

♬　♬　♬

沙灘音樂祭結束後，中秋節將緊接而來。

對傳統的廈門人來說，中秋節是個大節日，處處都洋溢著過節的歡慶氣氛，尤其是「中秋博餅」的傳統，更是不容錯過的節日盛事。

爾華頭一次參與，興高采烈地號召大夥兒一塊兒參加農曆八月初一的「開博」，連生意都不做了！

「開博式的重頭戲莫過於傳統的『起碗』儀式。喏，那就是保存在日光岩寺裡的『狀元碗』，由去年度的『狀元王中王』擲骰子象徵起碗開博。」樂樂指著由八名壯漢抬出的巨碗，在爾華耳邊低語。

「然後呢？」爾華跟眾人擠在鼓浪嶼渡輪廣場上，興致勃勃。

「然後就開始博餅啦！這還只是初賽，真正的決賽要在中秋節當天，在海天堂舉行……」

樂樂認真地解說起博餅的規則。

「博餅工具除了你剛剛看到的碗，還要有骰子跟會餅，會餅一套的內容是：狀元餅一個，對堂餅兩個，三紅餅四個，四進（士）餅八個，二舉（人）餅十六個，一秀（才）餅三十二個。依照六顆骰子擲出的數字參照獎賞，一秀就是一顆紅四……比較特別的是如果擲出六顆紅一的黑六博，就可以關燈搶餅！」

「聽起來有點複雜……還好有規則表可以參考。」爾華笑著。

「多參加幾次就會很熟練了，我們從小看到大，規則早就倒背如流啦！」樂樂接著用閩南語唱著：「中秋暝（夜），月娘（亮）圓，你三紅，我四進，到底狀元誰博去。」

爾華驚喜地看著樂樂，一股熟悉感油然而生，他想起台灣，也想起家人。即使與父親的關係疏遠冷淡，但，每逢佳節倍思親啊！何況他還有個深愛他的母親。改天撥個電話回家好了，或許，也該排個假回家看看……爾華突然「良心發現」地這麼想著。

「可惜看不見傳說中的藍月亮……」樂樂嘆口氣。

爾華一笑：「那可不一定……」

「什麼意思？」樂樂湊上前去。

「奇蹟說穿了就不叫奇蹟了，這是個秘密……」爾華故做神秘。

「林先生，該你啦！我替你報名了，上場吧！」孫磊突然嚷著推了推爾華。

「嗄？我不懂耶……」爾華猶豫著。

樂樂朝他笑一笑：「怕什麼，瞎擲也行！我陪你。」

海克等人也起鬨鼓譟，爾華不得不硬著頭皮上陣，沒想到意外擲出個黑六博，主持人大聲宣布關燈搶餅，現場陷入一種瘋狂與歡樂的氣氛！

爾華緊張地護住樂樂，右手緊緊牽住樂樂的左手，深怕躁動的人潮傷了樂樂一分一毫。

「樂樂，妳別怕，我在。」

樂樂聽著、笑著，手心傳來一陣溫暖，直達心房，她點點頭，朝爾華靠近低語：「我知道，我不怕……有你在，我什麼都不怕……」

沒了燈光，萬頭鑽動的漆黑中，樂樂的眼睛顯得更加耀眼。漆黑的空中只有滿天星子閃呀閃地，氣氛好不迷人！爾華情不自禁地低頭，吻上樂樂的髮梢。

樂樂不敢動，偷偷地羞紅了臉，耳邊再聽不見喧囂，只有自己如雷般的心跳……

♬　♬　♬

那天夜裡，爾華陪著星星失眠了一整夜。

他心裡想著：我應該告白，這麼一個好女孩，動作慢了點就錯過機會了……可是輾轉又想：好兔不吃窩邊草，何況我們還有勞資關係，這樣會不會顯得我很小人啊？

一整晚，爾華就陷在自己的焦慮與矛盾中不能成眠。

樂樂也睡不好，她嚴重懷疑自己發燒了！臉紅的指數和心跳的頻率，簡直高得不像話！可是，這種臉紅心跳的感覺，偏又甜蜜得讓人喜不自勝……

難道，這就是戀愛？樂樂害羞地鑽進被窩裡，不斷不斷地想著爾華，還有那個落在髮梢上的吻。

爾華一大早就被電話聲給吵醒，電話那端傳來母親林陳婉蓉焦急的聲音：「爾華，你快回來，你爸爸他不好了……」

爾華大驚，瞌睡蟲頓時消失不見……

♬ ♬ ♬

台北某醫院——

爾華打死也沒想過，自己竟會有不得不接手家業的一天。

守在醫院裡一天一夜後，林福深終於脫離險境，但醫師特別囑咐：「不能再讓他操勞了，最好盡早安排他退休，徹底休養。否則，說不定才剛出了加護病房，馬上就又要進來了。」

一向有高血壓毛病的林福深，因為長年來的操勞過度，引發了此次心肺衰竭的危機，幸好搶救得宜，才沒有釀出悲劇。

林陳婉蓉看著從死裡逃生的丈夫，軟硬兼施地讓兒子爾華不得不放棄工作，回到家族裡接掌飯店事業。

「你只有一個父親，我只有一個丈夫，我們只有你這麼一個兒子！如果，連你都不能替你爸爸分勞，我們還能指望誰呢？還不如讓我陪你爸爸一塊兒去算了。」

林陳婉蓉哭得悲悲切切，說得振振有詞，就算爾華有再好的口才，再倔的性子，在這個節骨眼上，也完全發揮不了作用，只能不情不願地點頭答應。

「我先聲明哦！我學的是音樂，懂的也只有電子音樂。關於料理啦、餐廳啦、飯店管理啦那一套，可是什麼都不懂的。媽別指望我能比得上爸爸！」爾華臭著一張臉接下了這個擔子。

「別擔心。公司裡的老臣很多，還有你大伯跟堂哥在，他們都是些經驗豐富的前輩，有他們在，一定能幫助你早點上軌道的。」林陳婉蓉安撫道。

爾華最怕掌權又不肯讓賢的所謂的老臣了，他心意堅決地搖頭，決定將醜話說在前頭。

「一個事業體最怕的就是停滯不前，通常停滯不前的原因正是不知變通的老臣們從中作梗。我可以接受原來任職的老臣們，但我也要有自己的經營團隊，並且，將會在上任後大刀闊斧地進行改革，以求一番新的局面。否則，我寧可將飯店拍賣轉讓，也不要接下這間飯店。」

林陳婉蓉對於兒子願意接掌家業可是開心極了，雖然知道兒子的要求不太容易在短期內實行，當下也顧不了這麼許多，樂得猛點頭。「好好好，你說什麼都行，你有你的想法和做法，媽不干涉，絕對認同與支持。只要你願意接下你爸爸的事業，好好地經營下去就好。」

就這樣，爾華不得不暫時回家執掌家業，從一個音樂人，搖身一變，成為一個飯店大亨、集團鉅子。

♬ ♬ ♬

「揚威飯店集團」名下的事業體，不光光只是五星級的觀光大飯店，飯店裡還包括了好幾家國內外知名的中外餐廳；另外，觸角也延伸進食品業界，市場佔有率不低，算是非常穩定成長的集團。

可惜，再出色的事業體，經營時日一久，也難免出現疲態。尤其是內部人事出現巨大的變動時，集團員工便容易因為新官上任而人心惶惶，整個事業體更容易出現或多或少的動搖。

爾華是個在徹底瞭解情況之前，必定凡事親力親為的人。

因此，他花了三個星期的時間，逐步摸索飯店的營運狀況；花了一個星期的時間徹底掌握食品業的脈動；決定將重心放在飯店經營上之後，他又花了整整一個星期的時間，親自試吃飯店內各餐廳的每一道菜色，找出優點與缺點，詳加記載，以便做為日後改革的資料與依據。

「大伯，根據我個人花了這麼久的時間觀察下來，我覺得飯店裡的每一間餐廳都有很大的改進空間，共同的問題出在菜色不夠新穎，口味不夠創新……關於這一點，不知道你有沒有什麼想法？」

在會議上，爾華直言不諱地詢問資格最久的管理部協理——林福遠，銳利的眼神顯示出他旺盛的改革企圖心。

林福遠與林福深兄弟倆一塊兒成立飯店集團，個性守舊，對於新鮮的事物總是抱著觀望的態度。任職管理部多年來，始終了無新意，是爾華觀察過後最想改變風格的人選之一。

沉吟半晌，林福遠緩緩地開口：「我們飯店這些餐廳都是些老字號，顧客們多年來都是依照口碑來捧場的，我個人認為……不必躁進，以免流失原有的客源。」

簡短的一番對話，立刻呈現出兩人觀念上的大不同。

「這個我同意。但是，這是個求新求變的世代，太沉迷於過去的光彩，或是太執著於原有的內容，並不符合潮流，也會跟不上時代。現在，許多飯店的主客源都是年輕的一代，我還是認為有必要開創一些新的東西出來。」爾華點出了經營上的盲點及問題所在。

「口碑就是建立在原有的東西上頭，真要改變得過頭，恐怕會壞了基礎。」林福遠依舊堅持己見，他心裡認為，爾華不過是個門外漢，哪裡真的懂得改革與管理？心裡實在不以為意。

爾華微微一哂。「但是，最近飯店各餐廳裡的營收情況下滑，卻是擺在眼前不爭的事實。」

「飯店業也有淡旺季之分，我倒覺得不必操之過急，年輕人要學著沉住氣……」林福遠隱忍著脾氣，盡量讓自己不與晚輩計較。

爾華是個沒有耐性說服任何人的人，直接了當地做了決定。「這樣吧，我們分頭策劃這次的變革，一季之後，我們召開經營董事會，再決定經營的方針。您覺得如何？」

林福遠的嘴角牽動了一下，信心滿滿又暗地嘲諷地說：「好啊，你現在是代理董事長，你怎麼說，我們就怎麼做。說不定，你在音樂界的那一套，也適用於飯店管理。反正，最後的定奪還是在經營董事會的董事們手上，我不急。」

爾華挑起一邊的眉毛，淡淡地望了他一眼。「好，就先這麼決定吧！」

在林福遠的身上，爾華看見了自己在改革這條路上的艱辛難行。

但，他不會就這樣認輸的！

舊有的傳統有其存在的必要，但爾華同時也堅持，創新，永遠是競爭場上的不二法門。

會議結束後，爾華信步走回辦公室，站在位於二十二層高樓上的豪華辦公室裡，一股不服輸的信念，緩緩地在他心裡冉冉而上。

「爸，你看著，我會把你的飯店繼續經營下去，而且，我一定要開創出一番新的局面！」

面對著四面八方而來的質疑與不信任，爾華只能這樣對自己加油打氣。

除舊佈新，從來就不是易事。改革之前，更需要經過一番徹底的破壞！

爾華擬訂了方針，計畫著一步一步往前走去。

只是，爾華從來也沒想到，轉換職場跑道的同時，也會替他帶來人生中不能預料的改變……

註1：新疆女孩阿果的專輯《涼山的藍月亮》歌曲之一

歌名：藍月亮。詞曲：龍魯者。編曲：瓦其依合、安小明。

註2：出身鼓浪嶼的著名音樂家，殷承宗之弟，上海樂團男中音演唱家。

VOL.5 〈愛情樂曲第五章〉——

向左、向右或是原地不動

「是，好的，您放心，店裡有我們在，不會有事的。」店經理掛上電話，立即以公告向大家傳達了爾華將長期返台的消息。

樂樂愣在公告欄前，不明白前一晚才牽著手的那個人，怎麼會一句話都沒說就離開了？

「樂樂，剛剛林先生有找妳……」海克從吧台裡探出頭來悄聲轉告。

樂樂眼睛一亮：「真的嗎？」隨即又含蓄地：「他……他說了些什麼嗎？」

海克搖搖頭：「他問妳在不在？我跟他說妳還沒來，然後就要我把電話轉給經理囉！」

「這樣啊……」樂樂難掩失望。

這天，樂樂不論做什麼都不太來勁，整個人失魂落魄地。

海克偷偷數算後發現，樂樂一共打破了十個盤子、十六個杯子，還在八個客人身上分別潑灑了水、酒與菜餚，創下「愛情島」開店以來損失最慘重的紀錄！

夜裡回到家，王月霞一見樂樂便說：「妳那個老闆打了好幾通電話來，早上跟剛剛……」

樂樂頓時精神一振：「他有說什麼嗎？」

「沒有啊，只問妳在不在？回來沒？然後就掛了。」王月霞打個哈欠回房去。

樂樂像朵瞬間凋零的花，了無生氣……

♬　♬　♬

爾華困在父親來不及處理的成堆公事裡，彷彿開不完的會議、批不完的文件和學不完的業務技巧，將他的時間切割得支離破碎。

父親的病況雖然慢慢好轉，但是在母親深切的期望中，爾華幾乎說不出自己真的對家族事業沒興趣也沒把握承接這樣的話來，只能咬著牙硬撐。

爾華能感受來自雙親的期盼與壓力，卻感受不到伯父林福遠和堂哥林毅華有所意圖的設計，反而將滿懷野心的堂哥視為救星。

「我真的快要撐不下去了！」爾華向毅華這樣抱怨著。

毅華假裝好意：「怎麼？南部那個飯店併購案有問題嗎？」

「一大堆報表，我根本看都看不懂，煩死了！」在爾華眼中，那些商業報表簡直與天書無異。

「這樣吧，那個案子我來負責，你只要待在公司開開會、蓋蓋章就好，反正公司本來就有個部門專門負責這類型的併購案。」毅華如此提議。

爾華大喜：「可以嗎？你真的願意幫我？」

「有什麼問題？我的本業嘛！小意思。」毅華欣喜地看著已然上當卻還不自知的爾華。

爾華心裡只盤算著，等父親的病情好轉，自己得趕緊再回鼓浪嶼一趟……

然而，就像掉進老天開玩笑的噩夢裡似的，樂樂幾次都錯過爾華從台灣打來的電話，爾華也沒想過要留下聯絡電話，兩人居然在通訊如此發達的現在，一再地彼此錯過！

♬　♬　♬

「上海歌唱新星選秀賽？」樂樂摸不著頭緒地看著參賽通知書。

小楓蹦跳地湊近樂樂：「終於來啦？我差點要打電話去問咧！」

「這是什麼啊？」樂樂愣住。

「參賽通知啊！妳傻啦？好大的字耶！」小楓摸摸樂樂的額頭。

樂樂氣呼呼地揮開小楓的手：「我看得懂字，只是不明白我什麼時候報名了這個選秀賽?!」

「我跟孫磊替妳報的名啊！」小楓回答得理直氣壯，還帶著點得意。

「我猜也是你們搞的鬼，為什麼？」樂樂的臉上寫滿不悅。

「當然是鼓勵妳繼續圓夢囉！上回的音樂表演賽，難道沒有激起妳一絲一毫的雄心壯志嗎？那麼多人喜歡妳的聲音，妳又何苦窩在這個小地方當個端盤子的服務員呢？妳本來就是屬於舞台的！」小楓始終深信樂樂應當振翅高飛。

「我……」樂樂卻裹足不前。

留在鼓浪嶼有什麼不好？可以陪著媽媽，還有這麼多好同事，何況，她還沒放棄等待爾華回來……

可是，她原先的音樂夢呢？曾經閃閃發光的那些夢想，曾經幾乎成真的那些夢想，她真的能就此埋在心底嗎？

「姑且一試吧！」孫磊不知道什麼時候也出現在樂樂身邊。

再加上個海克，「我也覺得妳不上舞台太可惜了。」

「我……這件事不是我說了算，我得回家跟我媽媽商量……」樂樂直覺認定媽媽不會同意。

♬ ♬ ♬

可是，出乎樂樂意料之外的，媽媽居然舉雙手贊成！

「我懂什麼是歌唱新秀選拔，就跟『超女』差不多性質的嘛？那個好！媽媽也贊成妳去試試看。」王月霞臉上沒有一絲不悅，反而笑盈盈的。

樂樂張大眼睛：「嗄？」

王月霞感性地抱了抱樂樂：「自從妳弄傷了手，媽媽就一直擔心妳會從此失去信心、失去對音樂的熱愛。可是上回的沙灘音樂祭，妳又變成以前那個愛音樂的女孩了，而且，媽媽還是頭一次發現我的女兒居然歌唱得那麼好！這麼好的歌喉埋沒了多可惜啊？去吧，不論比賽結果怎麼樣，就去唱給更多人聽吧！妳啊，永遠都是媽媽最大的驕傲！」

樂樂窩在媽媽懷裡哭泣，「媽媽……謝謝妳！」知道自己仍舊是媽媽心中的驕傲，樂樂的眼淚伴隨著微笑。

就這樣，和媽媽商量過後，樂樂在小楓的陪伴下遠赴上海參賽。

樂樂很爭氣，一路過關斬將，順利晉級到決賽，成為呼聲最高的新秀得主，引起多方經紀人矚目，其中以范堅最為積極，樂樂很快地被他說動，並且考慮與他簽約，加入他的經紀公司。

「演藝圈是個大染缸，妳想清楚沒有？」王月霞擔心地在電話裡提醒樂樂。

樂樂有著幾近天真的樂觀，她只想著當上歌星便能改善家中的經濟，讓媽媽少辛苦一些。

「范大哥人很好的，何況，還有小楓陪我。媽媽，妳別擔心……」

就這樣，樂樂成為經紀公司積極培植中的新秀歌手，小楓則成為樂樂的貼身保母兼宣傳。

♬　♬　♬

林福深的病況好轉許多後，爾華抓緊時間趕回鼓浪嶼。

「什麼？樂樂去了上海？」爾華不敢相信地望著海克。

海克點點頭：「是啊，她終於鼓起勇氣去追逐夢想了！」

爾華不知道該說些什麼，只覺得心裡有股悵然……

「還回台灣嗎？」海克關心地探問。

爾華點頭。「嗯，我準備回家，我父親病了，我有責任……」

海克面露憂心：「那Love Island該怎麼辦呢？」

「也許就……賣了……」爾華的語氣很輕，像是嘆息那樣。

爾華唯一下定決心的是：回電台請辭DJ工作。

總不能一直請假，加上監製大黃一直與他不對盤，自己想做的音樂節目反正也做過了，既然現在有了身不由己的難處，那還不如歸去。

帶著其實不多的私人物品走出辦公室時，爾華巧遇現已為兩岸知名音樂製作人的學長。

「爾華?!」學長先認出了他。

爾華一愣，「學長。」

這學長與爾華在學校時最為要好：「你怎麼在這兒？我以為你還在洛杉磯。」學長上前親密地輕捶了爾華的肩膀一拳，「臭小子，這麼久不聯絡的啊？」

爾華開心地笑著：「沒，早就離開洛杉磯了。學長還記得文傑吧？回台灣沒多久我就來廈門旅遊，然後在廈門電台待了一陣子代文傑的班，接著就待下來當了一陣子DJ。前陣子我家裡有事回台灣去，今天來辭職……」

「你待過這兒啊？我還以為你回台灣接家族事業去了。」學長一臉驚訝。

「說來話長……」

兩人一番寒暄後，學長邀請爾華前往上海擔任歌唱選秀決選的裁判。

「還好伯父沒事，你多待個幾天也沒關係。哪，就當幫學長一個忙，就這麼說定囉！」

「可是我……」爾華心裡記掛著父母。

學長勸道：「我好不容易當上選秀節目的製作人，看在我的面子上，幫個忙吧！就幾天時間。」

「好吧，我跟家裡說一聲。就幾天！」爾華知道自己是推卻不去了。

♬　♬　♬

「樂樂？」爾華作夢也沒想到會在決選場合與樂樂重逢！

樂樂頂著精緻的濃粧、穿著訂製華服登場參賽，嘹亮的歌聲依舊，可是，爾華隱約覺得，樂樂再也不是過去那個開朗樂觀的陽光女孩……

是他！居然是他?!樂樂心裡也因為再見爾華而激動不已。

樂樂沒讓自己和爾華失望，在驚險刺激的賽程中，在眾多羨妒的眼神中，精彩地拿下第一名的寶座，成為主辦單位重金栽培的明日之星。

「小楓，妳知道我看見誰了？是林先生！他居然是決賽的評審？為什麼？我知道他的音樂造詣很深，可是，為什麼？」樂樂回到後台忍不住抓著小楓滔滔不絕。

小楓還沉浸在替樂樂開心的喜悅中，「不稀奇啊！他本來就是知名DJ，又是個詞曲創作者，獲邀擔任歌唱選秀的評審很正常吧？」

「知名DJ？」樂樂一頭霧水。

「他就是廈門電台的『α』啊！妳沒聽孫磊說過嗎？」

樂樂怔住了，原來，他好早、好早以前就已經在自己的人生中佔有一席之地？她怎麼從來沒發現？！是她太不瞭解他？還是他刻意離她這麼遠？

賽後，爾華與樂樂見面了。

兩人有滿腔的話要說，卻又不知從何說起，只能無言微笑。

好不容易能說話了，爾華卻說：「我要回台灣了……」

「我以為你會一直待在上海……」

「我父親病了，家裡的事業得有人打理，雖然我還有伯父跟堂哥，但我是我父母唯一的兒子，得回去照顧他們……」爾華淡淡地說起自己的情非得已。

樂樂的眼神裡蒙上一層黯淡，「這樣啊……嗯，父母在、不遠遊，你是該回去。」

爾華強打起精神：「樂樂，聽說妳成了簽約歌手，祝福妳星途順遂，不論我在哪裡，永遠都會為妳加油打氣的。保重哦！」

樂樂忍住眼眶中打轉的淚水，勉力一笑：「好，我會加油。你也保重……」

這回，爾華率先轉過身，因為不想看見樂樂的眼淚，也不想讓樂樂看見自己的依依不捨……

♬　♬　♬

曲風優美特異，外型秀氣亮眼，嗓音嘹亮動聽，加上范堅擅長的行銷包裝，樂樂很快地受到樂迷們的喜愛，一躍成為樂壇中廣受歡迎的新偶像。

樂樂總是直率地回答媒體所有的問題，那種因為本性害羞，不擅長應酬而表現出來的酷酷形象，也對了現在年輕人的胃口，殷樂樂這個名字迅速地燃燒。

隨著受歡迎的程度水漲船高，樂樂必須花更多的時間上媒體宣傳，連帶地，不但影響了她自己的作息，也影響了與親友的互動。她覺得好久沒聽見媽媽的聲音，也幾乎要忘了孫磊和海克的模樣了，更別提一直珍藏在心底的爾華。

「怎麼了？」小楓見樂樂一副失魂落魄的樣子，關心地上前詢問。

樂樂對她勉強地微笑：「沒什麼，有點累而已。」

小楓拿出一瓶雞精：「喝瓶雞精吧！補充一下體力，待會兒還有個電台的通告要上呢！」

接過雞精，樂樂想起住院時，爾華三天兩頭送到床榻邊的補品，又想起出院返家後，爾華一天到晚快遞到家中的各式水果與營養品，失落的感覺更沉重了。

「宣傳期過了之後，就不必這麼忙了吧？」樂樂抬起頭問小楓。

小楓笑著搖搖頭：「沒這麼快，聽說公司方面有意讓趙虹跟妳一起多上幾個節目，一來，她算是妳的前輩，在樂壇雖然已經有名氣，但最近聲勢有點下滑，妳卻正搶手，一起上節目可以帶動樂壇的注目。再來，她最近也要出專輯，公司希望妳們兩個能搭配著上通告，讓一些節目多介紹妳們。算是炒作行銷的一種手法吧！」

「唔。」樂樂沉默地思考著。

她現在才知道，原來當歌手不是只要顧著唱自己喜歡的歌曲就好，還得配合公司的行銷宣傳政策，還有一大堆拉拉雜雜的瑣事，真是很麻煩的。

趙虹是個標準的偶像型歌手，甜美可愛又年輕，靠著一些動感舞曲唱紅了一陣子，有著「可愛達人」的封號。

然而，年輕人喜新厭舊的程度實在太誇張，加上樂壇裡同類型的歌手也多，很快地，趙虹不像剛出道時這麼搶眼受歡迎。范堅正極欲為她轉型，或是推出別的類型歌曲，以求保住她在樂壇好不容易闖下的名號。

剛好樂樂在這時候大為走紅，同一家經紀公司的歌手互相幫襯是常見的事情，樂樂也不好多做推託。

「妳就是樂樂？妳好，我是趙虹。」趙虹在范堅的引薦下，正式地在公司裡認識了樂樂。

「前輩客氣了。」樂樂有點尷尬。

「大家同在一家公司，說什麼前輩呢？叫我趙虹好了。」趙虹笑甜了一張臉，年輕的臉龐上，塗抹著明顯過濃的彩妝，看來極為不搭調。

「好了、好了，兩位小姐就結束這麼客套的相處方式吧！以後上節目都是一家人了，要趕快培養出好默契來哦！像對姊妹一般親熱最好。」范堅各自牽起她們的一隻手，交疊在一起。

「那真是太好了，我沒有姊妹，多了一個姊姊真是很棒的一件事。」趙虹又誇張地嚷叫起來。

樂樂則是微微牽動嘴角，不知道怎麼應付這突如其來的熱情。同時，她對於這樣硬湊成對，卻不管本身性質是否合適的合作模式，更有著許多不安與無奈。

果然，兩人之間明顯的差異，在合作不久之後，開始浮上檯面。

一起上節目時，樂樂總是維持著她慣有的調性，不太多話，總是有問必答。偶爾應要求會顯露唱歌之外的才華，博得滿堂喝采。

而趙虹就顯得比較活潑，很搶鏡頭，處處求表現。但過於多餘的表現，反而讓她像隻聒噪的鸚鵡。

加上樂樂有著深厚的創作底子與多樣的才華，相較之下，只會靠著長相及肢體動作表現的趙虹，更顯得浮華不實，就像個點綴性質的花瓶。

媒體是很現實的，為求聳動，報章雜誌上常會看見拿兩人做比較的報導文章。

常見斗大的標題寫著：「鳳凰與麻雀的組合，趙虹拖垮樂樂的演出。」

再不然就是：「殷樂樂是氣質高貴的公主，趙虹則是聒噪粗俗的婢女。經紀公司宣傳造勢失敗！」

還有更狠、更殘忍的媒體這麼形容：「同一家公司出產，殷樂樂與趙虹的表現，判若雲泥！」

樂樂本身是不注意媒體動向的人，根本不知道媒體是這樣在拿兩人做比較，更不會知道趙虹因為這些批評與比較，在心底是怎樣地嫉妒怨恨她，又是怎樣視她為眼中釘。

她甚至還天真地以為，這陣子接不完的通告，表示趙虹唱片銷售的成績與她一樣斐然呢！

在公司為了慶祝她唱片大賣的慶功宴上，完全狀況外的樂樂，主動舉杯向趙虹致意：「趙虹，為了這陣子的合作愉快，我們兩個乾一杯！」

趙虹臉色一變，鐵青著一張臉，咬牙切齒地喝完手中的紅酒。「多虧有樂樂的幫襯，我才有這麼多通告可上。」

「別這麼說，妳一定也很受歡迎，不然不會有這麼多節目發通告的。」樂樂一貫地謙虛以對，殊不知自己的言行已經大大地觸怒了趙虹。

踐什麼踐？這樣損人很好玩嗎？竟然玩這種兩面手法？可惡！趙虹表面上笑嘻嘻地，心裡卻咒罵不已。

唱片大賣，連帶地也豐厚了公司同仁的獎金，許多人紛紛上前恭賀樂樂，連范堅也對樂樂大為誇獎，直說自己真是挖到寶，還轉過頭要趙虹多學著點，早點恢復往日的聲勢與成績，好好地替公司賺錢。

這些情形，看在被大家忽視冷落的趙虹眼裡，不啻雪上加霜，讓她更為妒恨不休！

趙虹現在壓根兒都不擔心自己唱片的銷售量，也不煩惱該如何在媒體上挽回聲勢，反而滿腦子都是在想要怎麼逆轉情勢，又要如何整垮樂樂……

♬　♬　♬

爾華怔愣地坐在證券行的VIP室裡聽取營業員的簡報，不敢相信自己手上百分之二十的股權，如今已逐漸轉到林福遠手裡。

怎麼會呢？爾華知道自己與公司裡的某些老臣、前輩不合，尤其是以林福遠為最。但，自己真是怎麼也沒想到，大伯背地裡竟有這般的狡詐心思！

「現在來得及制止股票的轉讓買賣嗎？」爾華無助地問道。

營業員為難地搔搔頭。「林先生已經在賣讓書上簽名蓋章了，對方算是合法地透過第三者購進這些股票，恐怕……除非對方接著拋售，林先生才有機會再度買回，否則……」

爾華不禁為自己的失算扼腕不已。「好，謝謝你了。」

走出證券行，逐漸暗下的天色像極了爾華此時的心境。

但，他豈是坐以待斃之輩？轉念一想，爾華趕緊驅車趕回父母家中，急著與父親商量，看看能不能做出一點補救。

剛進門，竟然赫見林福遠大搖大擺地坐在客廳沙發上，還帶著一臉小人得志的笑容，看得爾華一肚子氣。

「你來幹嘛？」爾華想也沒想，不客氣地脫口而出。

「爾華，你怎麼這樣跟你大伯說話？人家是好心來關心你，順便帶他一位好友的千金來看看你爸爸。」林陳婉蓉從廚房走出，手裡端著一盤切好的水果，身邊還跟了一位陌生的年輕女子。

「關心？我看是來探查軍情的吧？」爾華瞧也不瞧母親身旁的陌生女子一眼，逕自對著林福遠怒目相視。

「你這孩子在瞎說些什麼呢？你大伯知道你被人家利用威脅的事情，特地趕來幫我們的！你曉不曉得幸好他即時買回你轉讓出去的股票，這才沒讓有心人拿去生事啊！」林陳婉蓉放下水果，生氣地斥責爾華。

「是嗎？」爾華挑起一邊的眉毛，倔傲地瞅著林福遠。

「那是當然囉！你手裡百分之二十的股權，現在已經登記在我的名下了。」林福遠不無得意地說道。

「媽，妳去請爸爸出來，有點事情大家當面說一說。」爾華將自己的母親支開，往沙發重重地坐下，依舊是不太客氣地對林福遠說：「說吧，你今天來有什麼目的？你沒道理對我這麼好，是不是？」

「這話從何說起呢？我好歹是你大伯，也是『揚威飯店』的創始股東之一，當年跟你爸爸兩人胼手胝足地才打下今天這番局面，我不對你們好，難道要算計你們不成？」林福遠老神在在地回答，眼神中卻有藏不住的笑意。

「大伯——」爾華不耐煩地伸出手打斷他。「咱們明人不說暗話，你還是挑明了說吧？這樣耗下去對誰都沒好處。」

「哈哈哈！果然是個聰明人。我就是欣賞你的自信跟傲氣，雖然有時候你的狂妄讓人受不了。」林福遠忍不住哈哈大笑，神色得意非凡。

林福深在妻子的攙扶下走進客廳，關心地向兒子問道：「現在怎麼樣了？那筆股票還在你手裡嗎？」

「問問大伯吧！」爾華硬是將怒氣壓下。

「聽說大哥已經將股票如數購回，算是幫了爾華一個大忙。」林陳婉蓉插嘴。

「是不是幫我一個大忙？現在定論還太早了。」爾華冷哼了一聲。

林福深皺起眉頭看著兒子與自己大哥之間劍拔弩張的氣氛，轉過身與妻子對望一眼，接著將眼神落在站在一旁的陌生女孩身上。「這位是？」

「這是胡董事的千金，蕙蕙。」林福遠得意地站起身，將身旁的年輕女子介紹給林福深夫婦。

「原來是胡董事的千金啊？怎沒聽他提過？妳好！」林福深朝胡蕙蕙點點頭。

「胡董事非常欣賞爾華，也自覺以他家千金這麼優秀的條件，應該配得上爾華。」林福遠大方地說出自己的來意。

「嗄？你今天來是為了給兩個年輕人安排相親？」林陳婉蓉摸不著頭緒。

「這個別急，我們先討論一下爾華拱手讓出的那些股票怎麼了，慢慢再考慮兩個孩子之間的事情。」林福深即使抱病在身，依舊維持著生意人的精明。

眼看自己公司大筆的股權落入他人之手，就算是親兄弟、是當年一起打拼的老盟友，也具有一定的威脅性，不可不慎啊！

「怎麼會不急呢？男大當婚、女大當嫁，做父親的多盼望獨生女兒早點有個好歸宿啊？胡董事人在美國，他知道我今天要來看你，電話中託我帶蕙蕙一起來，我看，不如趁著今天一併討論吧！」林福遠霸道地提議，眼神中透著一抹不容拒絕的堅決。

「好啊，我倒要聽聽飯店股權跟我的婚事有什麼關係?!」爾華忍不住氣得七竅生煙，對於林福遠的意圖心裡已有數，對於父親的養虎為患也忍不住有所埋怨。

林福深夫婦兩人倒是默不作聲，一副靜觀其變的模樣。

林福遠根本不將爾華的怒氣放在心上，他笑瞇瞇地介紹起自己好朋友的寶貝女兒，還一副老王賣瓜的模樣，大肆吹噓有多麼優秀云云。

「他們家就這麼一個寶貝女兒，好不容易栽培得這麼大了，最希望的就是替她找個好歸宿，將來也好掌管他所有的投資。」

林福深微微一哂。「是，我們對爾華也是這樣的心思。天下父母心嘛！」

「胡董事說了，除了我們家毅華，爾華是我所見過最優秀的年輕人，若能當他的老丈人，可是胡董事的榮幸啊！就是不知道爾華覺得蕙蕙怎麼樣?」林福遠笑瞇瞇地望著爾華。

爾華這才端眼仔細地打量著站在一邊的胡蕙蕙。對女人一向眼光挑剔的爾華，壓根兒沒啥興趣。

先別說胡蕙蕙的長相普通平凡到無法吸引他的注意，就說她那副看不出屁股跟腰有何差別的瘦竹竿身材，也讓爾華倒足了胃口。

「不怎麼樣——要是花點錢去整型，或許還有點希望。」爾華說話一向很直，加上對林

福遠的印象差到極點，當下說起話來便不留情面了。

原本對爾華的俊秀顯得有些癡迷的胡蕙蕙，頓時氣得滿臉通紅。「林伯伯！您今天是帶我來讓人污辱的嗎？您聽聽他說的……」

林福遠倒也不生氣，安撫胡蕙蕙：「想必爾華是害羞吧？他長這麼大一定沒有相過親，突然帶妳來跟他認識，年輕人害臊是一定的。別生氣，再怎麼說妳也是喝過洋墨水的，總好過一個鼓浪嶼上的小土包！」

聽見林福遠這樣污辱自己的心上人，爾華再也忍不住火氣。「那是純樸，不是土氣！人家的才氣跟本事可是國際級的，多數人還望塵莫及呢！」

林福深夫婦倆聽得是一頭霧水，完全搞不懂他們在爭論什麼，倒是聽出了林福遠有意牽線讓胡董事與他們結為親家，而自己的兒子卻是說什麼也不願意。

「大哥啊，我看……這感情的事情也急不來，我們先討論股票的事情吧？」林福深出面為兩人緩頰。

「好，就先說說股票！」林福遠板起臉來。「現在，加上我今天收購的股票，我一共握有『揚威飯店』百分之四十的股權，加上老呂他們幾個的股權，這次的董監事會議上，很可能總裁的位置就要換人做了！」

林福深大驚失色。「你要跟爾華爭奪總裁的位置？」

「這算什麼？你也當家作主二十幾年了，『揚威飯店』有今日的成就我也有一份功勞，換人當家是理所當然的，這有什麼不對嗎？」林福遠高高地抬起頭。

「可是，當初我讓爾華接班時，你還信誓旦旦地說要替我好好扶植他，怎麼現在又改變主意了呢？」林福深氣得手腳發抖。

「這是為了要教訓這個不知天高地厚的渾小子！讓他懂得做人做事該敬長輩三分，而不是一意孤行。」林福遠積怨已久，一股腦兒地教訓起爾華來。

「所以……你現在到底想怎麼樣？」爾華全身的肌肉都緊繃著，一副即將起身應戰的模樣。

「不怎麼樣！第一，娶胡董事的女兒，我們兩家聯合起來，『揚威飯店』還是咱們林家的。第二，收回你之前頒佈的種種改革，不要妄想在我手上變動半分。『揚威飯店』若沒有我的努力，你真以為今天會有這番局面嗎？你別以為這麼輕而易舉就能改朝換代，沒有我的同意，你還差的遠呢！」林福遠的臉扭曲著，透露了他長久以來的野心。

「辦不到！」要他爾華娶這個一無長處的女人為妻？還不如讓他流落街頭當個乞丐！

爾華冷著聲音說道：「雖然你用了下流手段騙走我手上的股權，最後鹿死誰手還不知道呢！你以為董監事們都是白癡嗎？我在『揚威飯店』投注的心力有多少？我相信是有目共睹的。我這輩子最痛恨被威脅，你省省吧！就算要拱手讓出飯店的經營權，我也不會跟胡董事這種人攀什麼親家關係的！」

「你……好，有骨氣！咱們走著瞧。我要是不將『揚威飯店』拿到手，我就不姓林！」林福遠也發火了，拉著胡蕙蕙就往門外走，連聲招呼也不打。

「爾華——究竟是發生了什麼事情？」林福深平靜地看著兒子。

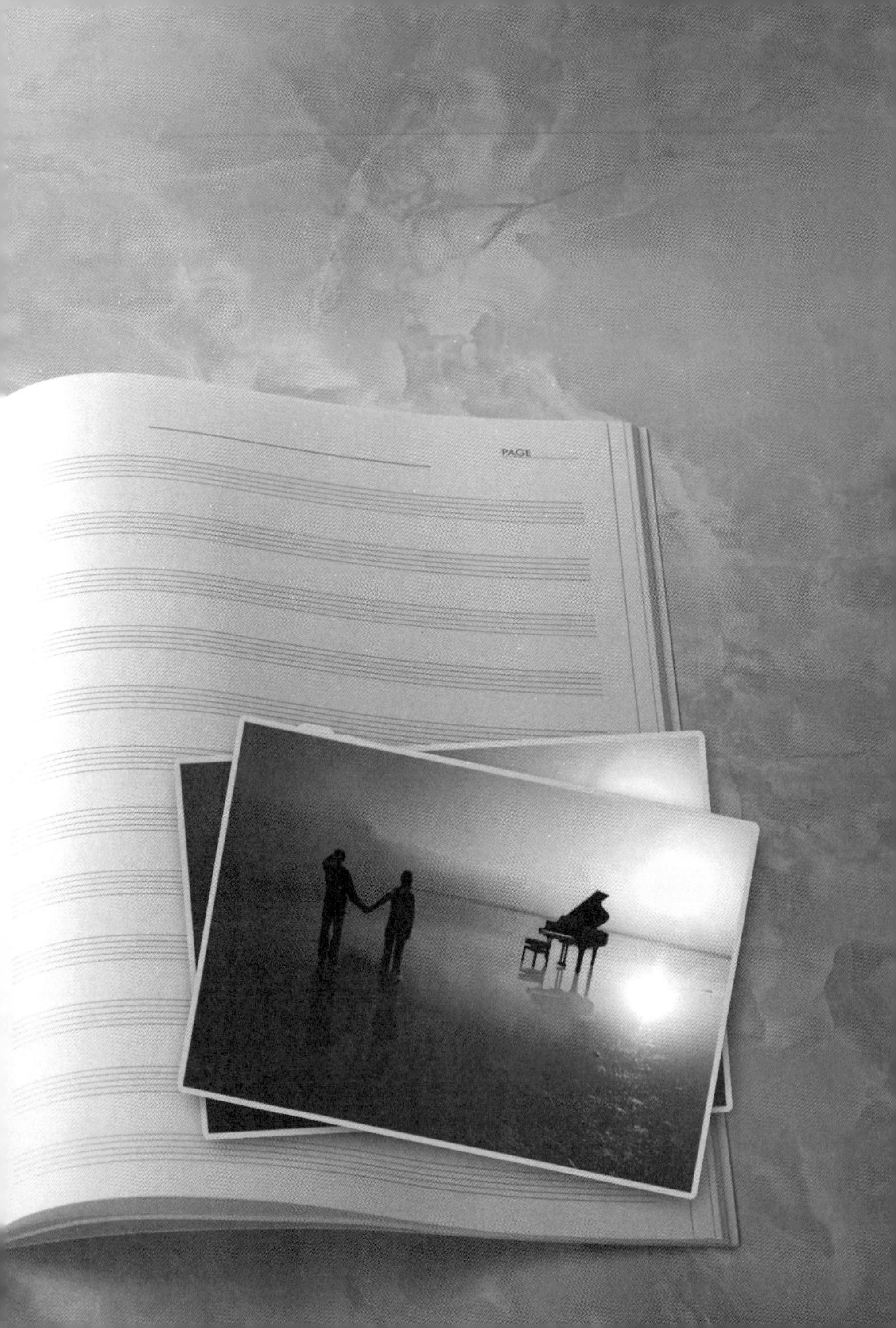
PAGE

VOL.6 〈愛情樂曲第六章〉——

Lost

「其實我也很想知道這是怎麼回事？」爾華愣看攤擺在桌上的股權轉賣讓渡同意書，努力回想自己是什麼時候落款簽名的？

林福深夫婦沒怎麼擔心爾華的總裁位置可能不保的危機，他們對自己的兒子還是有點信心的，總相信他會有辦法應對。

「那，對於你大伯的威脅，你有什麼想法與做法沒有？」林福深還是問起了。

爾華思索了一會兒，沮喪地：「坦白說，沒有！」

「那你什麼時候帶那個小土包子回來給媽瞧瞧？」林陳婉蓉乘勝追擊地問。

「唉呦……媽──」爾華沒料到跟父親討論正事時，母親竟然還是繞著他的感情世界打轉。

「媽什麼媽？我可急著抱孫子哪！你啊……」

林陳婉蓉開始喋喋不休地叨唸爾華老是定不下來的心性，惹得爾華頭疼萬分，卻大氣也不敢吭一聲。

「八字都還沒一撇啦！」爾華急著澄清，心裡對樂樂的想念卻也更深。

林福深坐在輪椅上，重重地嘆了口氣。「是我不好，只知道苛求你接掌家業，卻忘了考量你適不適合這一行……經商如打仗，到處都是豺狼虎豹，即便是親人，在利字當頭之下也難免爭權奪利……」

原來，父親剛病倒時，爾華不察大伯與堂哥的野心，意外簽下一紙股權轉賣與經營權讓渡同意書，此時正值董監事會改選，爾華眼看著即將大權旁落，卻一籌莫展。

所幸有母親百般勸慰，父親經過大病一場，對權力也不再像過去那樣看重。「我老了，是該享福了，這樣也好，落個清閒。」

「爸，對不起……」爾華仍自責。

「別這麼說。爾華，趁年輕多做些自己喜歡的事吧！免得老來後悔……你還是想從事音樂吧？」林福深心有所感。

一番話說中爾華心事。「是。爸，我學長在上海開了間音樂製作公司，他邀請我為歌手量身打造新唱片，我想，如果可以的話……」

林福深擺擺手，「去吧、去吧！去做你擅長、也喜歡的事。」

「可是，大伯……」

「我自會處理，你去做你想做的事情吧！」

「謝謝爸！」爾華心裡激動不已。

所幸，在爾華的多方奔走下，不但成功向其他股東收購了「揚威飯店」的所有股權，加上他們原有的百分之四十股權，在董監事會議上，還是成功阻止了林福遠父子倆的陰謀。

透過技巧性的套話，加上利用錄音筆錄下了林福遠坦承計畫一切的陰謀，爾華還成功迫使大伯提早退休，當個純粹的股東，再也不涉足「揚威飯店」的經營核心。甚至連堂哥也被驅趕出決策核心！

危機解決後，並取得父母同意之下，爾華接受了學長在上海的音樂製作工作邀約，再度飛往離樂樂很近、很近的地方。

♬　♬　♬

樂樂沒想到下一張唱片的製作人會是爾華，更沒想到這次的新唱片，還得跟趙虹再度合作！

隨著樂樂水漲船高的聲勢，范堅也露出隱藏許久的真面目，開始逼著樂樂赴一些莫名其妙的飯局，見一些財大氣粗的金主。

樂樂不懂，更不喜歡這樣的安排：「范大哥，我想趁著下一張唱片推出前好好休息，也許排個假回一趟鼓浪嶼……那些不必要的飯局可以不要再安排了嗎？」

范堅卻軟硬兼施：「這些都是必要的應酬，怎麼會是不必要的飯局呢？坦白說，吃咱們這行飯的，誰不必討好那些有權有勢的金主呢？」

「可是我……」

「沒什麼可是不可是的，只要我們的合約存在一天，妳就得聽我這個經紀人的安排，要不，就等著賠償天價的違約金吧！」范堅不耐煩地拿出合約壓制樂樂。

樂樂傻了，這才知道自己當初簽了一紙把自己徹底給賣了的合約……

迫於無奈，樂樂只得違背心意，任由范堅替自己不斷安排飯局，慢慢地也失去原先的快樂！

♬ ♬ ♬

爾華對樂樂被逼迫的一切毫無所悉，一頭栽進唱片的製作中。他單純地只想替樂樂多做點什麼，從譜曲、填詞到後製，幾乎一手包辦。

樂樂在廣大樂迷的期盼下，也在各家媒體的關注下，很快地乘勝追擊推出了第二張專輯，聲勢比第一張驚人，賣座也比第一張看好。

反觀趙虹，既沒有因為殷樂樂的幫襯下衝高專輯賣座，也沒有回到昔日歌壇「可愛達人」的搶手聲勢。

礙於身分，即使與樂樂同在上海，爾華也沒有太多機會能與樂樂相處，但還是細心地察覺出樂樂的不同。

樂樂越來越有超級巨星的架勢，打扮時髦、言談新潮。是刻意？還是不知不覺中被影響了？爾華常皺著眉頭暗中觀察她，每發現她一個不同，便忍不住添上一點憂心。

有一次，為了宣傳新唱片上節目，之後兩人同車而行，爾華勸了樂樂幾句：「樂樂，剛剛妳對主持人說的話好像傲慢了點，他畢竟是前輩……」

「傲慢？是公司教我不要有問必答的，保留點神秘感不是比較有話題價值嗎？怎麼在你眼中成了傲慢？前輩怎麼樣？長江後浪推前浪，現在是新人的天下！」樂樂面露不悅。

爾華皺起眉頭：「就算是演藝圈，職場倫理還是得顧及的，那是做人的道理。」

「你別像個老師一樣盡跟我說些大道理好嗎？我累了……」前一夜的飯局讓樂樂疲倦極了，她索性閉上眼睛。

爾華搖搖頭，不明白自己過去認識的那個殷樂樂上哪兒去了？

♬ ♬ ♬

「唉呀！乾爹，人家不管啦！你一定要幫我出這口氣，那個殷樂樂分明是欺人太甚嘛！她根本就是得了便宜還賣乖，表面上對我和善，私底下根本就是要整垮我，奪走我在公司『一姐』的地位。你要是不幫我，人家下次就不要再冒著被狗仔跟拍的危機到別墅來見你了。」趙虹使盡渾身解數，對她口中的乾爹又是哭、又是撒嬌、又是威脅。

被趙虹稱為「乾爹」的中年男子，是演藝圈知名的製作人——卜士仁，是出了名的好色貪杯。雖然跟趙虹以乾爹、乾女兒相稱，事實上，趙虹根本就是卜士仁包養、偷吃的對象。

當初趙虹會走紅，除了范堅挺有一套，多半也是靠著人脈廣、手段多的卜士仁幫著炒作而來。

最近卜士仁忙著製作新節目，也忙著與新人廝混，很久都沒有把心思放在趙虹身上了，只是，偶爾這兩個人還是會「小聚」一番，藉以「聯絡、聯絡感情」。

「我聽說范堅跟那個從台灣來的製作人林爾華都很挺殷樂樂，妳確定要出手整她嗎？殷樂樂現在可是聲勢大好啊，弄不好，傷的是妳！」卜士仁是個老謀深算的老狐狸，多少有點顧忌。

「我都已經被欺負成這樣了，你還不幫我？不管啦！人家就是要你幫忙嘛！好啦，幫人家嘛！」趙虹一個勁地往他身上蹭。

卜士仁最承受不起女人的撒嬌，被趙虹這麼軟硬兼施地糾纏下，也只得先應付：「好好好，妳別哭也別鬧，跟乾爹說說，那個殷樂樂是怎麼欺負妳的？」

「唉呦！你管她是怎麼欺負我的？你只要幫我出氣、討公道就行了。一句話，到底幫不幫我嘛？」趙虹再度使出渾身解數撒嬌，整個人賴在卜士仁身上，就是非要他答應不可。

「妳都開口了，我哪有不幫忙的道理？妳也知道『乾爹』一向最疼妳了嘛！」美人在懷，縱使有天大的顧忌也管不了這麼多了。

♬ ♬ ♬

在製作公司與經紀公司的堅持下，林爾華被迫乘勝追擊，緊鑼密鼓地籌備起樂樂的第三張唱片，為了討論唱片內容，爾華約了樂樂到工作室見面。

樂樂在小楓的陪同下來到爾華的工作室，小楓跟爾華打過招呼後也倦極了，見自己沒什麼事，倒頭在沙發上睡去。

樂樂跟著爾華走進混音室，疲倦地席地而坐。卸了妝的樂樂一張臉死白，沒血色不說，還透著憔悴與滄桑。

爾華心疼又生氣，忍不住叨唸：「妳怎麼這麼不愛惜自己？」

樂樂摸了摸臉頰，知道爾華話中的意思，苦笑。「凡事總有代價……」

「那麼，妳真的追求到妳想要的了嗎？妳付出的代價也未免大了點！」爾華止不住一直往心頭冒的火。

樂樂沒說話，心思飄回好遠好遠的鼓浪嶼……停泊在鋼琴碼頭的渡輪、「愛情島」、環海路、沙灘音樂祭、中秋博餅……那時的單純與美好分明還在眼前，怎麼離現在好遠、好遠？

「好冷……」樂樂下意識地以手臂環抱住自己。

十月天，上海的平均溫度都在十來度上下，對來自熱帶地區的樂樂來說，的確是個嚴苛的考驗。即使放了暖氣，樂樂仍止不住喊冷，或許，是心冷的緣故？

爾華起身拿了薄毯，調高暖氣的溫度，又替樂樂泡杯熱茶，心疼地問：「還冷嗎？很不習慣上海的酷寒吧？」

「台灣不也是個溫暖的地方嗎？怎麼不見你怕冷？」樂樂好奇地問，起身與爾華並肩站在窗前閒聊。

爾華聳聳肩：「男人的皮比較厚……」

「你當自己是大象啊？」樂樂啐了他一口，笑開了。

「大概是待過美國，所以不怕冷吧！」爾華聊起自己的留學史，從紐約說到洛杉磯，引起樂樂無限嚮往。

也是這時候樂樂才知道，自己曾經有機會成為爾華茱莉亞音樂學院的學妹，心裡又是一陣感慨。「每一次發現自己跟你的緣分其實不淺，總讓人忍不住嘆息……」

「有緣人不論怎麼繞，終歸是要碰在一塊兒的……」爾華意有所指地說。

樂樂淡淡一笑：「就怕一個向左走，一個向右走……」

「那又何妨？地球是圓的，怎麼走都會相遇……」爾華情不自禁伸手摸了摸樂樂的頭髮，他曾吻上的那處髮梢。

樂樂抬起頭，雙頰因為害羞而染上了紅暈，添了幾分美麗。樂樂心想，她喜歡這樣的自己，喜歡為了爾華而美麗的自己……

兩人靜靜地注視著彼此，誰都沒注意到窗外閃了幾道白色的光芒……

「樂樂，這是怎麼回事？」范堅拿著還熱騰騰的狗仔週刊，焦頭爛額地詢問著樂樂。

「什麼？」樂樂一臉無辜地看著他。

「妳自己看看，這些狗仔隊的報導跟照片。」范堅又急又氣。急的是樂樂的天真單純、毫不設防，氣的是狗仔隊的無中生有、捏造事實。再說，要炒新聞也該由他自己一手設計、放話，那才有新聞價值啊！

「那些內容根本是憑空虛構、惡意毀謗嘛！難道這本雜誌是專門寫幻想類的三級小說的嗎？」樂樂看完內容，簡直不敢相信自己的眼睛。

那篇報導所刊登的照片，正是那一晚爾華與樂樂在混音室窗邊並肩而立、談笑自如的照片，除此之外，還有爾華輕觸樂樂髮梢的那一瞬間。

其實是沒什麼的照片，但照片旁邊都加上了狗仔精彩而富有想像力的註解，再加上一篇關於兩人身家背景的報導內容，精彩荒謬的程度，幾乎可媲美灑狗血的八點檔連續劇了！

爾華的身分被描述成一個風流花心的台商第二代兼音樂才子，更誇張的是，竟然有不知道是真是假、不具名的小歌手，以受害者的姿態出面控訴爾華的用情不專與始亂終棄。

至於樂樂，則被描述成一個識人不清、涉世未深，而且被愛沖昏頭的笨女人，為了爾華放棄大好的音樂前程，還險些為了爾華命喪在醉漢手裡……

報導甚至將樂樂在選秀賽中脫穎而出的經歷，描述成爾華大力護航的結果！整篇報導不但荒謬不實，還充滿了許多惡意的人身攻擊。

「姑且不論報導是否屬實，樂樂，妳要知道，妳現在正火！我花了多大的力氣才造就今時今日的妳啊！別愚蠢地葬送自己的演藝前途好嗎？」范堅懊惱地咬著下唇沉思。

樂樂不高興地站起身：「你就不擔心哪天狗仔拍到你替我安排的飯局嗎？那些大金主的身分，難道不比林爾華敏感？」

「妳少來這套！我決定的事沒得商量，妳給我好好反省自己，問問自己有沒有顧及公司利益！」范堅狠瞪著樂樂。

樂樂冷冷地看他一眼：「我不知道我的所作所為，到底有哪一點不顧及公司？是我沒有做好分內的事？還是我沒有配合公司政策做宣傳？」

「現在我們要做的第一件事情，就是開記者會出面澄清、消毒，盡量把這篇報導對妳的殺傷力降到最低，至於林爾華的處境不在我的考慮範圍內，現在我還沒有辦法預料，可能沒事，也可能很糟糕。」范堅看了她一眼。

樂樂餘怒未消，但心思紊亂，她擔心的不外乎是整個事件對爾華將會帶來什麼樣的影響……

♬　♬　♬

爾華無奈地看著工作室外苦苦守候的媒體記者，引起軒然大波的週刊正躺在腳邊，手機裡傳來的是學長的關切。

打從週刊刊出他在深夜出現與樂樂在窗邊說笑的親密照片，外加一整篇不知道根據何來的報導之後，同事們個個面帶詭異微笑地不時偷偷打量著他。

甚至連出門遇到的陌生人也朝著他不時驚呼：「咦？你就是那個殷樂樂的男朋友嘛！」偶爾會夾雜幾句稱讚：「噢，本人比週刊帥！」或是：「年輕有為、郎才女貌，挑得好啊！」這一類讓人不知道該開心還是該難過的誇獎。

這些蜚短流長困擾不了爾華，反倒是工作被打擾這一點讓他深深不以為然。

「爾華，怎麼辦？記者開始在鼓譟了，你要不要乾脆在公關室的陪同下召開一個記者會，一次說個明白算了？」學長冷靜地提議。

爾華無奈地苦笑：「我盡量以視而不見、聽而不聞的方式讓這個風波靜靜地淡去，你怎麼反而要我站在鎂光燈底下？」

「裝聾作啞比較好嗎？」學長納悶地問道。

爾華淡淡地說：「敵不動，我不動！」

「可是……你當初真的沒有因為私情，讓殷樂樂拿下選秀賽的第一名嗎？」學長忍不住質疑。

爾華嘆了口氣：「學長，評審不是只有我一個，我一個人的分數是不可能影響大局的。」

「那倒也是，只是這件事難逃口舌議論啊……」學長的擔憂不無道理。

爾華搔了搔頭髮，「那現在該怎麼辦呢？」

「先看看殷樂樂的經紀公司怎麼處理吧！」

♬　♬　♬

樂樂在范堅的安排下，臨時召開了一場記者會。

幾乎所有的媒體都到場了吧?!記者會場滿滿的都是人。

畢竟樂樂是個引人注目的樂壇紅人，加上八卦週刊的大肆渲染，許多人對於樂樂的身家背景及感情世界非常好奇。

記者會上，樂樂脂粉未施，唇上淺淺地塗了一層淡彩，寬框墨鏡遮去了她大半張臉，沒什麼表情的臉，看來餘怒未消。

記者會的開場白，是樂樂清唱了一首籌備專輯中的歌曲——迷路。

不管是什麼場合，樂樂的歌聲始終能夠輕易地打動人心，看著媒體記者們一個個如癡如醉的神情，范堅心想，策略奏效了！

范堅原本就想召開一個軟性訴求的記者會，強調出樂樂對音樂的熱愛，也強調樂樂本身的才能，試圖將樂樂的感情世界淡化處理到幾乎看不見的程度。

一曲唱罷，樂樂執起麥克風，以她一貫字正腔圓的柔軟音調緩緩地問著：「各位喜歡這首歌嗎？好不好聽？」

台下的媒體記者紛紛點頭應和：「好聽！」

「這首歌是林爾華老師為我下一張專輯所創作的一首歌，我多麼希望還有機會與老師合作……」樂樂做了幾個深呼吸，努力地穩定情緒。

「我非常感謝林爾華老師對我的照顧，沒有他就沒有樂樂的專輯，我真的希望記者朋友們不要隨意中傷抹黑老師……更遑論八卦週刊上的各種不實言論，真的造成我們太多的困擾！對於那篇報導，在此，我保留法律追訴權，三天之內，如果週刊不刊載道歉及澄清，我一定會到法院按鈴控告毀謗，並且要求賠償。」

環顧著四周此起彼落的鎂光燈，樂樂感慨萬千：「在此，我只希望所有的媒體朋友們，還給我一個清白的聲譽，還給林爾華老師一個平靜的空間，不要影響到他的工作與生活，更不要影響到我們亦師亦友的感情。」

停頓了一會兒，樂樂下了個結論：「畢竟，我的作品絕大多數都是來自林爾華老師，對我來說，他不僅僅是我的精神支柱，更是工作的動力，我不能沒有他。謝謝大家！」

「殷樂樂小姐……」樂樂話才剛說完，媒體便爭相提問。

樂樂在范堅的交代之下，耐著性子回話，並且多次將話題導引至自己的音樂專輯上，對於與爾華之間的關係，能不談就不談，偶爾提及，也只是三言兩語帶過。

幸好范堅憑著過去的經驗明快處置，週刊的八卦報導，在隔日便被大量媒體爭相報導關於樂樂的感性告白，及爾華的音樂創作給替代過去。

更多人注意到樂樂的歌聲以及爾華的才氣，至於他們之間的感情，反而沒什麼人有興趣再去挖掘，也算是因禍得福了。

爾華靜靜地聽著范堅在話筒那端的威脅：「不要再跟樂樂單獨同處一室，對我來說，她現在是最值錢的搖錢樹，誰敢擋我的財路就是找死！你一個從台灣新來乍到的製作菜鳥，最好別惹上地頭蛇，要不然有你好受！」

「說完了嗎？」爾華冷冷地問，絲毫不放在心上。

范堅氣炸了，卻只能在電話裡耍狠：「哼，我們走著瞧！」

爾華才掛上電話，樂樂緊接著來電，她吶吶地在電話那端道歉：「我剛開完記者會，關於那篇報導我真的很抱歉。」

「沒關係，我沒事。妳好好加油哦！」爾華在電話中安慰她。

「范大哥說，這陣子我們要避免碰面，免得又讓八卦週刊大做文章……新專輯可能要暫緩了。」樂樂考慮了半天，決定依照指示，替兩人避開麻煩。

爾華淡淡地說：「這樣也好。我明天開始休長假回台灣，避開守候的媒體應該也有助於緋聞的淡去。」

「那……我們電話聯絡？」樂樂勉力壓抑著心情，就怕爾華擔心。

「好。不是還在打第二張專輯嗎？妳放寬心，工作為重。」

掛上電話之後，爾華思索了半晌，決定到鼓浪嶼一趟，給自己一段難得的空白時空，當作慰勞自己這陣子以來忙碌於工作中的辛勞。

♬　♬　♬

「范董，你叫宣傳他們多給我排些節目嘛！不上節目怎麼打歌啊？人家這張專輯的銷售跟上一張比起來差了好大一截哦！」趙虹整個人攀住范堅的肩膀，無限嬌媚地撒嬌著。

范堅不耐煩地推開趙虹：「差一截？我看是差不多吧？差不多的爛。」

「你怎麼這樣說人家嘛？人家的唱片就算賣得沒有殷樂樂好，也不至於到爛的程度啊，我的粉絲們可是很支持我的哦！」趙虹臉色雖然變了，還是不動聲色、耐著性子繼續撒嬌。

「妳拿什麼跟殷樂樂比啊？她可是我們公司的搖錢樹哪！」范堅嗤之以鼻。

「你……」趙虹怎麼嚥得下這口氣，她最討厭人家在她面前說殷樂樂的好了！

趙虹雙手環胸，一臉的不屑：「你忘了她前一陣子才被狗仔拍到夜半與情人私會嗎？事件爆發之後，從頭到尾都沒見你罵過她，現在還把她捧得半天高，怎麼？歌唱得好了不起啊？還不是爛婊子一個？我呸！」

「妳說話客氣點，殷樂樂哪一點得罪妳？至少人家品格清高，不像妳，勾勾手指頭就自己巴上來了，俗不可耐！」范堅橫了她一眼，不耐煩地點菸。

「你說我俗不可耐？當初拐我上床時怎麼不說我俗不可耐？現在倒好，吃膩了就嫌我是吧？我告訴你，要不是看在你有幾個錢，又是經紀公司的老闆，你以為我會看上你這種貨色嗎？」趙虹氣極，口不擇言地破口大罵。

范堅遊戲人間慣了，怎麼忍受得了一個自己玩玩而已的女人用這樣趾高氣昂的口氣跟他說話？他想也不想回過頭就賞她一巴掌。

「閉上妳的臭嘴！妳以為妳有什麼了不起的？不就是靠臉蛋跟身材嗎？說歌喉沒歌喉，說才藝沒才藝，我看啊，還不如去賣肉，賺得還多一點！當什麼歌星啊？笑死人了！」

趙虹氣得痛哭失聲：「我到底哪一點不如殷樂樂？要被你羞辱成這樣？」

「妳不如她的地方可多了，除了有點身材之外，我真的看不出來妳有什麼資格出來當偶像歌手？當初是我瞎了眼挖掘妳！哼！」

范堅吐了口口水，欲罷不能地罵道：「人家殷樂樂說長相有長相、說才藝有才藝、說歌喉有歌喉，妳呢？憑什麼跟人家比？這樣吧，妳要是覺得委屈呢，咱們就提前解約吧！找個善心人士好好幫妳規劃演藝前途，省得在這兒一天到晚煩我！」

說完，范堅拿起外套，頭也不回地走出門外。

趙虹又羞又怒，一張臉哭得大花貓似的，她忿忿不平：「我就不相信整不垮殷樂樂，她憑什麼這樣一輩子在枝頭當鳳凰？憑什麼？!」

上次的八卦週刊狗仔事件沒能整垮殷樂樂，是趙虹的失策。

這一次受辱，趙虹心裡有了更惡毒的想法，她連忙從地上爬起身，整理妥當之後，直接上門，找了八卦週刊的負責人……

♬　♬　♬

「妳是說，殷樂樂之所以走紅，全靠大老闆撐腰護航？」八卦週刊的年輕老闆方慶興致濃厚地看著趙虹。

「那當然，要不，憑她一個出生鼓浪嶼，又只懂得彈琴的小女生，哪有這麼好的才華啊！」趙虹嬌媚地吐出一個煙圈。

「妳怎麼知道？」

「呵，我們是同一家經紀公司的歌手，沒道理不知道這些內幕啊！」趙虹睨了他一眼。

方慶趨身向前：「這就是了。你們是同門師姐妹，幹嘛這樣爆料？莫非有什麼恩怨？還是……想要點什麼好處？妳儘管開口，只要內容屬實又夠勁爆，大把的鈔票絕對少不了妳的！」

趙虹惡狠狠地望著窗外：「我只是看不順眼她這樣欺瞞眾人，藉由他人的努力而一夕走紅，那我們這些辛苦耕耘的歌手算什麼呢？傻子嗎？你放心，接下來我要說的內幕，絕對會讓你的雜誌銷量衝上三、四倍之高……」

趙虹接著拿出一些之前在慶功宴上，樂樂與范堅親密相擁的合照，佐以自己所編撰的荒謬內幕，以期能製造出樂樂另一個不堪的緋聞……

♬　♬　♬

爾華帶著一身曬黑的古銅色皮膚，神清氣爽地從鼓浪嶼返回上海，打算好好地回到工作崗位，繼續他熱愛的音樂生涯。

剛踏出機場，爾華便被一大堆聞風而來的媒體記者團團圍住。他訝異又不解地望著眼前的大陣仗，有點不知所措，頻頻往身後看去，還以為有什麼國際巨星跟他同一班飛機呢！

爾華身邊還跟了一個一身古銅膚色、留著俏麗短髮、身材健美的妙齡女子，同樣是張大眼睛看著眼前的陣仗。

「爾華，到底發生什麼事情啦？」妙齡女子忍不住開口問道。

「大概是有什麼巨星跟我們搭同一班飛機吧！」爾華聳聳肩，帥氣地將太陽眼鏡戴上。

那女子是爾華在鼓浪嶼時偶遇結識的新朋友——谷莉——一名自由攝影師，長相甜美、個性大方的上海姑娘。

爾華與她很有話聊，反正目的地相同，便約好一道搭機返回上海。爾華原以為自己只不過是藉由旅行之便多認識了一名朋友，卻沒想到谷莉將會是他與樂樂之間的另一個感情絆腳石……

直到某娛樂新聞台的記者直接將一支麥克風遞到他眼前，爾華才醒悟，即使自己人間蒸發了兩個星期，還是脫離不了媒體的糾纏。

「林製作，請問你這次到鼓浪嶼度假，是不是因為跟殷樂樂小姐的戀情曝光，所以走避在外？」

「林製作，請問你知不知道殷樂樂小姐跟經紀人范堅的關係？他是你們之間的第三者嗎？這次的鼓浪嶼之旅是為了療傷嗎？身邊這位小姐跟你的關係是？」

「會跟殷樂樂小姐攤牌嗎？對於第三者有沒有什麼話要說？」

面對千奇百怪的各種問題，爾華幾乎無力招架，怔愣著看那些記者們演著一場又一場的獨角戲，最後，他竟然對著媒體哈哈大笑……

「我真的不知道現在當記者除了要有幹勁，還要有豐富的想像力，你們真的太辛苦了。」爾華忍不住對著媒體記者行九十度鞠躬的大禮。「我去度假純粹是為了度假，沒有什麼走避不走避的考量。」

爾華看看一臉驚嚇狀的谷莉，很無奈地：「這位小姐只是我在鼓浪嶼認識的一個新朋友，請各位不要將她牽扯進來。最後，我跟殷樂樂小姐的關係如何，或是殷樂樂小姐跟其他人的關係如何，都不干各位的事，我不打算做任何說明。謝謝各位，我累了，現在要回家休息，各位再見！」

話一說完，爾華提著簡單的行李，拉著谷莉的手逕自往機場門口走去，非常迅速地上了學長的車，留下一大票追著他們跑的媒體記者，繼續對他窮追不捨。

PAGE

VOL.7 〈愛情樂曲第七章〉——

日落神話

學長張大雙眼：「怎麼回事？你不過是去了一趟鼓浪嶼，這會兒又變成狗仔隊追逐的目標啦？咦？這位是……？」

「這位是我在鼓浪嶼認識的新朋友，谷莉，山谷的谷，茉莉的莉。為了避免她也無端遭受媒體包圍，只好把她一起拉上車。」爾華轉過頭抱歉地看著谷莉。

「哈囉！不好意思，要搭你們的順風車了。」谷莉鎮定地打招呼，神情已不復初見時的驚慌。

「唉，這些媒體噢……」學長無奈地搖頭。「真是難為谷小姐了，這也算是一種池魚之殃吧？」

「你先開車吧！我看今天別想順利回家休息了，唉。」爾華把行李往後座一扔，無奈地癱坐在副駕駛座上。

「我看我得好好教你幾招如何應付媒體的招數了！沒想到，這年頭當製作人也流行被狗仔跟拍的嗎？」學長見爾華一臉狼狽，竟有些幸災樂禍。

爾華邊以手勢催促學長開車，邊哀嚎著：「我怎麼知道我會這麼受媒體『歡迎』啊？根本始料未及好嗎？」

「你得好好告訴我，到底這一切是怎麼回事？半個月前，你還是個被形容成風流才子，怎麼去度個假回來，突然之間又被說成是個被劈腿的可憐蟲了呢？」學長卯足全力甩開跟蹤的媒體，眼神裡也寫滿了關心。

爾華點燃一根香菸，悶悶地說：「我也不清楚狀況，這兩個星期以來，我在鼓浪嶼度假，根本不問世事。樂樂也沒告訴我究竟上海發生了什麼事情？說真的，我自己也很想知道到底發生什麼事……」

谷莉好整以暇地坐在後座，神情悠閒地看著窗外，對於適才爾華慘遭媒體包圍的事情，一句好奇也沒問出口。

♬ ♬ ♬

樂樂氣悶地坐在鋼琴前面，不發一語地彈奏著樂曲，任憑小楓好說歹說，她就是一句話也不肯多說。

「唉呦！我的姑奶奶、大小姐，妳就行行好，說幾句話吧？這幾天以來，妳幾乎都不露面，這樣怎麼行呢？難道任由媒體繼續無的放矢地亂報導嗎？」小楓看來也好不到哪兒去，頭髮亂了，衣服也皺得離譜，看來也是沒幾天好睡。

樂樂只覺得疲倦而委屈，她不明白，自己只是單純地喜歡音樂，為什麼竟會惹來這一連串的風波？究竟，她是招誰惹誰了？

小楓鍥而不捨：「跟林先生聯絡上沒？算算時間，他應該回來了吧？」

「回來又如何？上次的風波才剛剛平息，這次又來一個！」樂樂終於開口了，語氣中滿是哽咽。

「不會啦！林先生是明理人，怎麼會將週刊報導當真呢？」小楓坐在她身邊，親密地摟著她安慰。

樂樂看著他：「就算他相信我跟范堅沒什麼，但是，媒體接二連三拿我的事情去打擾他的生活跟工作，妳覺得他真的一點也不介意嗎？再怎麼好脾氣的人都會受不了的！」

小楓拍拍她的頭：「所以妳更要主動跟他聯絡啊！別讓他從別人口中得知這些事情。這是感覺問題，懂嗎？」

「感覺問題？」樂樂望著小楓，滿是疑惑。

「由妳親口告知，跟從他處得知，完全是兩回事。換做是妳，妳怎麼想呢？」

「可是，我真的不敢面對他。當初他鼓勵我從事歌手的工作，可沒預料到今日會替自己惹來這麼多麻煩哪！我要怎麼跟他道歉才好？」樂樂想到自己的委屈，又思及爾華所遭受到的無妄之災，忍不住淚眼婆娑。

「妳沒做錯事情，為什麼要道歉？先跟他說清楚狀況，再告訴他妳後續的動作不就得了？這樣吧，我們把他找來一起商討因應之策，好不好？」

「唉呀！事情不好囉！」助理手裡拿著幾份報章，雞貓子鬼叫地衝進來。

「怎麼了？」小楓連忙問道。

「這是剛出爐的晚報，林製作回來咧！看來，在機場就被圍堵了。」助理一臉神情激昂。

「他回來了？今天的事情嗎？」樂樂站起身，表情很著急。「我現在到底該怎麼辦？」樂樂可憐兮兮地問著小楓，既無奈又無助。

「這樣吧，先打通電話給他。」小楓拿起手機，一把遞到樂樂面前。

樂樂猶豫了半晌，終於還是按下通話鍵，等待著未知的答案……

♬　♬　♬

門鈴一響，樂樂急切地奔向大門，開門一見爾華寬厚的懷抱，立刻趨前，想也沒想像就隻八爪章魚似地緊緊擁抱住他，嚇了爾華一跳。

這段時間以來，因為八卦報導而累積的委屈與憤怒，加上對爾華深切無限的思念，讓樂樂瘦了整整一圈，裹在寬大襯衫裡的身子，羸弱得幾乎風一吹就會吹跑了似的。

「怎麼搞的？瘦成這個樣子？」爾華皺起眉頭看著樂樂。「怎麼啦？這陣子很委屈噢？」他心疼地揉揉樂樂的頭髮。

樂樂這才意識到自己的大膽與莽撞，急忙退開。此舉，卻讓爾華不由自主地面帶微笑。

關上大門，樂樂像洩了氣的皮球地癱坐在沙發上：「我真的好倒楣，不管怎麼做，惡意中傷的八卦流言始終不絕。有時候想想，乾脆退出江湖算了！」

爾華反客為主地為她倒了一杯水：「傻瓜，妳才剛起步，談什麼退出江湖啊？江湖長什麼樣子妳見識過了嗎？這麼一點小挫折就要打退堂鼓？太沒志氣囉！」

樂樂嘆了口氣：「我自己倒還好，最難過的是牽累到你身上，害你連工作室也去不了，還得每天跟狗仔躲貓貓……」

「別擔心我，學長並沒有太苛責我，反而還給了我好多天假，讓我躲開媒體的追逐，算是對我很好了呢！」爾華壓抑著心裡的擔憂，特意安慰樂樂。

「可是那些八卦報導把我寫成這麼一個不堪的女人，你心裡真的一點也不介意嗎？」樂樂想起那些烏煙瘴氣的八卦，忍不住委屈。

報導上說，樂樂接近范堅之後，用盡手段成為范堅的新歡，在經紀公司的大力推銷栽培下，包裝成偶像歌手的樣貌進軍歌壇。范堅除了是樂樂的入幕之賓，還仲介樂樂與有錢人吃飯，另一方面，樂樂又周旋在范堅及爾華之間，大玩劈腿遊戲，根本是個偽裝成小白兔的狐狸精……

種種不實傳聞，佐以刻意與不刻意拍攝出來的照片，八卦週刊的內容可謂極其不堪與荒謬！

樂樂遲遲沒有出面為自己澄清些什麼，一方面是自己的確清白而打從心底產生的驕傲心態，另一方面也是為了配合小楓暗中的調查舉證，未免打草驚蛇，暫時的按兵不動。

「我知道妳不是那樣的人，這樣就夠了。」爾華摸摸樂樂的頭，心疼不已。

「謝謝你對我的信任與支持。」樂樂感動地看著他。「對了，這次鼓浪嶼有沒有發生什麼好玩的事情？大家都還好嗎？我媽媽還好嗎？」提起媽媽，樂樂的眼眶有點紅。

爾華簡單說大家都跟以前一樣，卻特意提起谷莉，說她是個有意思的女孩，還帶著他踏遍鼓浪嶼每個美景的經歷，那副口沫橫飛的樣子，讓人有種錯覺，以為谷莉正活靈活現地出現在眼前。

「感覺上，谷莉是個很有活力的人。也想不到，那些你還沒去過的鼓浪嶼景點，居然會是一個上海小姐帶你去的……」樂樂忍去心中突然浮現的不安。

爾華並沒有注意到樂樂心情上的異樣，邊喝水邊點頭，繼續敘述著：「是啊！要不是親眼所見，我真的很難相信一個外表嬌弱的女孩子，會有那樣的體力與勇氣，獨自扛著十幾公斤重的攝影器材在礁石中登高爬低，就只為拍出一張自己滿意的照片……」

也許是女人天生的第六感，也許是樂樂個性中難以避免的敏感作祟，她老覺得谷莉這個特殊的女人，絕對不會僅僅只是爾華的一個新朋友那麼簡單……

♬ ♬ ♬

「怎麼樣？最近雜誌的銷售量很不錯吧？該怎麼答謝我這個大功臣啊？」趙虹嬌媚地倚在雜誌社老闆方慶的懷裡，風情萬種地撒嬌。

方慶自己也搞不清楚哪來的好運？眼前這個美麗妖嬌的美女歌手，不但主動提供驚人的內幕，讓雜誌社的銷售量一飛沖天，甚至還屢屢向他表示好感，分明是要製造機會讓他一親芳澤。

已經有家室的方慶並非好色之徒，但是，軟玉溫香自動投懷送抱，哪有眼巴巴看著機會溜掉的道理？

方慶強裝鎮定地摟住趙虹，曖昧地問著：「謝禮當然隨妳開囉！看妳是想要錢呢？還是……想要人？我一定大氣不喘，連眼睛都不眨一下。」

趙虹眼見對方踏進自己設好的局裡，笑得可是人比花嬌哪！她假意推託：「別把人家說得這樣勢利，我可是『友情贊助』哪！誰圖你的錢啊？」

「不圖我的錢？難道妳圖的是我的人嗎？」方慶猛吞口水，神情說有多豬哥就有多豬哥！

「哪！現在你是什麼好處都佔盡了，是不是要回饋一下？」趙虹拿過方慶手裡的香菸抽了一口，對著他吐煙圈，把煙霧噴得他滿臉。

方慶歪了歪頭避開煙霧，納悶地看著她：「妳不是說妳不要錢嗎？」

「壞蛋！裝蒜啊你？」趙虹的纖纖玉手戳了戳方慶的腦袋。

「那妳的意思是？」方慶也不是社會新鮮人了，當然看出趙虹別有所圖。

趙虹微笑地看著他：「我們當藝人的，求的不外乎知名度。最近我的新聞很少見報，公司方面也沒有意願替我炒作，所以，我需要你的幫忙，讓我多增加一些曝光率，別讓觀眾們忘了我的存在。」

「啊！對了，妳之前也推了新專輯嘛！」方慶拍掌笑道：「這沒問題，雜誌社是我的，我要怎麼編排就怎麼編排。等會兒我叫幾個記者安排一下給妳做專訪，每一期都用妳的照片當封面，這樣行不行？」

「除了做我的專訪，別忘了還要繼續挖掘殷樂樂那些不為人知的內幕哦！我一有什麼消息就會告訴你，絕對會讓你搶得獨家頭條。你身為一個媒體工作者，本來就有義務讓觀眾們知道偶像的真面目，可別縱容了。」趙虹不忘再給樂樂一刀。

「那當然。那個殷樂樂以這些手段換取成名的機會，就要付出一些代價，我當然不會輕饒她。而且，我會動用一些樂壇的人脈，竭盡所能地幫助妳，讓妳重回唱片公司『一姐』的地位。」方慶是真的被趙虹蒙在鼓裡，一逕地當趙虹借刀殺人的工具。

趙虹眉開眼笑，殊不知，自己這樣不擇手段的方式，不但損人不利己，而且，正一步一步走向自食惡果的地步……

♬　♬　♬

「真的是趙虹去放的消息？」范堅皺起眉頭，生氣地看著小楓暗中打探來的消息資料。

小楓點點頭：「我還有趙虹跟方慶約會的照片呢！需不需要錄音帶？我連他們對話的內容都有。」

諜對諜這一招，可真是存在於各行各業啊！

小楓為了把事情查個清楚，不惜花費重金，聘了個私家偵探，裡裡外外暗中查訪，非得揪出在幕後陷害樂樂的兇手不可。

「不必了！有了這些證據，就足以跟趙虹解約、叫她滾蛋了！」范堅氣惱不已。

讓范堅這麼生氣的原因，一方面是不相信自己公司的藝人會做出傷害同門的事情，另一方面，也是氣惱自己的女人竟然琵琶別抱！男人的自尊心哪！有時候也是很莫名其妙的。

「那麼，如果你沒有意見，我打算讓沉默已久的樂樂，正式展開司法告訴以及召開記者會反擊的動作。」小楓的眼底有火，心頭更有火。

「先別急，我們先跟趙虹把合約給解了，順便開個記者會對外放出消息，把這整件事情對公司的形象傷害降到最低，然後再進行後續的動作，將樂樂的聲勢拉抬回來。」范堅氣歸氣，做生意、經營藝人的頭腦還是在的。

♬　♬　♬

「你憑什麼無緣無故跟我解約？我們還有三、四張唱片專輯的合約，無故解約，我可以告公司的！」趙虹拿著存證信函，氣沖沖地上門找范堅理論。

范堅好整以暇地看著她，「呦喝！惡人先告狀是吧？」小楓看著趙虹：「來，把合約攤開，第十三款第二條，清楚地記載著：不得有任何違害公司利益之言行。第十三款第五條：不得違反公司既定秩序。第十三款第八條：不得惡意損害公司同仁之權益。違背了任何一款，我們都有權利跟妳解約，情節重大者，我們甚至可以要求賠償。」

趙虹哪是被嚇大的？她咄咄逼人：「我違反了合約上哪一款哪一條？你要這樣跟我解約？是不是因為我的專輯不像以前那麼賣座？那你們自己也應該要檢討啊！製作不出好唱片，當然賣得不好，連帶把我之前苦心經營的形象也給賠了進去，我都還沒要求公司負責呢！你們憑什麼談解約？」

范堅不疾不徐地丟出一疊照片：「妳還嘴硬？沒有違背？真的是這樣嗎？」

趙虹拿起照片一看，臉色當下變得鐵青，那是她與方慶勾肩搭背、親密地出雙入對的照片。

她繼續辯駁：「我承認我跟方慶有來往，那又怎麼樣呢？那也不算違反了合約。合約上面並沒有註明我不能跟雜誌社的人往來吧？他經營他的雜誌社，我唱我的歌，我哪知道這麼多？」趙虹撇開頭。

「好，那麼我跟樂樂在專輯慶功宴上的那些合照外流，也跟妳一點關係都沒有囉？妳敢說妳沒有外流任何一張照片？」

「每個同事手上都有當天的照片，你怎麼能一口咬定是我外流的？就因為方慶是我的朋友，就因為他的雜誌刊出了那些照片，你就斷定跟我有關？簡直是天大的笑話嘛！」趙虹的狡辯也是一流。

「只是朋友？朋友會這麼親密嗎？」范堅丟出另一疊照片。

趙虹傻眼地看著照片中耳鬢廝磨的兩個人，那正是她前些天跟方慶一塊兒到旅館偷情的畫面。她惱羞成怒：「你們憑什麼跟拍我？這是我的個人隱私！」

「這不過是以其人之道還治其人之身罷了！」范堅憤怒地拍擊桌面。

「我……」趙虹驚嚇地說不出話來。

一直默不作聲的樂樂站起身走向趙虹：「我真的不懂，為什麼妳要這樣對我？我們之間有過節嗎？我們不是一向合作得很愉快嗎？到底為什麼？」

趙虹又氣又恨地瞪著樂樂：「合作愉快的是妳，不是我！只要在妳身邊，我就變成一個笑話，妳憑什麼可以這麼輕易地取代我？憑什麼抹煞掉我對這間公司的貢獻？我恨妳！我恨不得一口氣整垮妳，讓妳永遠消失在樂壇！」

樂樂被趙虹口氣中的怨懣所震懾，直視著她的眼神裡滿是憐憫：「我並不知道這些，也從來無心造成這些，我很抱歉，也很遺憾……」

「妳省省吧！少來這一套。我不需要妳的假惺惺。」趙虹對樂樂吼完之後，轉過身瞪視著范堅咬牙切齒地：「解約就解約，沒什麼了不起的！不在你們公司發片，我一樣有我的辦法繼續當一個歌手，我們走、著、瞧！」趙虹一把撕碎合約，將碎片往范堅身上扔擲，氣沖沖地跑出辦公室。

樂樂怔愣地看著趙虹的一舉一動，不明白她心裡那些憤恨不滿及嫉妒，究竟從何而來？

少了趙虹從中作梗，整起荒謬的八卦事件，在爾華偕同樂樂共同召開的澄清記者會之後，加上正式對不實報導的雜誌社進行司法控訴，算是告一段落。

然而，谷莉的存在，就像樂樂的不安預感一樣，在爾華與樂樂仍舊曖昧未明的情感裡投下了一顆未曾被預料到的炸彈。

♬　♬　♬

「音樂歌舞劇？可以啊！音樂製作人是哪一位呢？」樂樂一邊卸妝，一邊問小楓。

「是妳再熟悉不過的人了。」小楓笑嘻嘻地回答。

「林老師？」

「對啊！是唱片公司指定你們兩個繼續合作的哦！」

「還有更讓人興奮的哦，這次音樂歌舞劇的神秘嘉賓是香港那個鼎鼎有名的當紅炸子雞，沈捷耶！哇！我一定要請他簽名。」小楓看起來像個追星少女般。

樂樂詢問了自己的行事曆，忙碌的打歌行程中，似乎已經沒有多餘的精力可以接下這場音樂歌舞劇。

「我的檔期不是滿了嗎？音樂歌舞劇什麼時候要開始籌備？」樂樂疲倦地看了小楓一眼。

「公司方面希望可以把這部音樂歌舞劇放在最優先，畢竟是難得的機會！沒意外的話，應該是跨年。」小楓傳達了公司方面為樂樂做的規劃。

樂樂沒說話，想著自己究竟什麼時候才能回家探視好久不見的媽媽？

「樂樂，妳看起來好疲倦。最近累壞了吧？」小楓擔心地看著她。

「是很累，我想不起來自己究竟多久沒跟媽媽通電話了。」樂樂的表情有一股陰鷙。

「樂樂，對不起。我沒好好注意妳的情況，讓妳太過勞累了。下個月專輯宣傳就告一段落，妳可以稍微喘一口氣。」小楓有點自責。

「別這麼說，大家都是為我好，我知道的。」樂樂轉過身子看著小楓。

「其實，我越來越覺得唱歌很有趣，出唱片打歌也不算太累。只是，我以前過慣了平凡的生活，現在，突然成了鎂光燈追逐的焦點，又失去了穿著拖鞋逛夜市的樂趣，有點遺憾罷了。」

樂樂逐漸發覺自己對歌唱的喜好，可是，仍是對那種幾乎來者不拒、密集打歌的宣傳方式，有小小的失望。

「我知道妳這麼努力，是為了給媽媽一個衣食無虞的生活。可是，千萬不要勉強自己，累壞了可是划不來的哦！」小楓怎麼會看不出樂樂語氣及表情中的勉強呢？

「我知道。早點給我音樂歌舞劇的企劃案吧！也好多點時間準備。」樂樂仍是笑，什麼也沒多說。

小楓看著樂樂的倦容，心裡有點不捨，卻也不知道能說些什麼。說什麼，也改變不了樂樂內在與外在的現狀吧！

除非，樂樂自己動念改變。

♬　♬　♬

沈捷是個極為自負驕傲的人。

他跟樂樂在演藝圈崛起的過程有諸多相似。同樣是以出色的歌喉參加選秀引起注意，也同樣是個天才型的演員歌手。

不同的是，後來沈捷以藝術歌曲和大型歌舞劇走紅於國內外樂壇。不過三十出頭，沈捷已經拿過國內外多種歌手獎項，是個極為引人注目的歌唱界巨星。

「林爾華是什麼人？製作過哪些作品？樂樂又是誰？唱過什麼歌？這兩人有什麼樣的條件跟我合作？」沈捷向唱片公司提出質疑，口氣中掩不住驕傲。

為了推出叫好叫座的音樂歌舞劇，唱片公司老闆特地從上海飛到香港，耐著性子跟沈捷解說周旋。

「這麼說來，這兩個人都是最近才在樂壇崛起沒有多久的菜鳥嘛！」沈捷桀驁地看著樂樂跟爾華的資料。

「他們兩個雖然比不上您這麼有國際名氣，卻是不遑多讓的樂壇人才哦！林爾華是個專業音樂人，最近在國內的推出的專輯不但叫好還十分叫座。至於樂樂呢，更是個不可多得的好歌手。雖然是個新人，實力卻是很受肯定的。」

沈捷聽著製片人唱片公司老闆的說法，忍不住嗤之以鼻。「光唱些流行樂曲能有什麼實力可言？」

製片人笑笑沒說什麼，拿出一些爾華製作，樂樂主唱的音樂CD。

「沈大牌，先別急著否定他們，您有空的話，不妨聽聽這兩個人的作品。我想，您會有所改觀的！」

沈捷接過製片人手中的CD，看了一眼。「好吧，我先聽過再決定接不接這場音樂歌舞劇。」

沈捷是個極為挑剔、極為愛惜羽毛的人，他總是要求合作對象必須要有一定的水準。這一次當然也不例外！

「怎麼樣？沈大牌決定接下這場音樂歌舞劇了嗎？」一個星期之後，唱片公司老闆再度飛到香港。

沈捷看著唱片公司老闆沉吟半晌。「我必須承認，這兩個人有點意思。」

「那麼，沈大牌的意思是？」唱片公司老闆難掩興奮。

「OK！我接。但是，我很忙，這場音樂歌舞劇的前置作業必須在兩個星期內搞定。」

「沒問題，沒問題！我們一定全力配合。」

能得到樂壇名人的首肯合作演出，唱片公司老闆對於這場音樂歌舞劇充滿了不可言喻的信心。

事實上，沈捷對於樂樂嘹亮乾淨的嗓音十分肯定，也覺得爾華作曲的功力非常出色。因此，沈捷對於這次的合作演出充滿了興致，在他看來，樂壇上很久沒有出現這麼出色的人才了，不試著合作，也實在有點可惜。

但是，誰都沒有想到，這次的音樂歌舞劇合作，會掀起一陣璀璨的火花，以及演藝圈的一場騷動。

在音樂歌舞劇「日落神話」的宣傳造勢記者會開始之前，樂樂坐在休息室裡，非常緊張。

雖然不是第一次出席造勢記者會，但這是她第一次參與大型音樂歌舞劇演出。

音樂歌舞劇跟上節目宣傳的手法非常不同，表演方式也不一樣，加上這次參與音樂歌舞劇的所有相關工作人員，都是數一數二的專家，讓樂樂心裡有不小的壓力。

「你怎麼能這麼鎮定自若？」樂樂輕聲在爾華耳邊問道。

「不就是音樂歌舞劇嗎？妳又不是第一次參加歌唱演出，加上有幾次演唱會的經驗，緊張什麼？」爾華有點好笑地看著樂樂。

「可是，音樂歌舞劇跟演唱會很不一樣啊！還有好多大牌跟專家，我覺得自己快要緊張死了。」樂樂說話的語氣，像個小女孩般，天真而引人發噱。

爾華看著有些時日沒見的樂樂，心裡有點感慨。

「樂樂，告訴我，妳喜歡唱歌嗎？」

「好的作品，會讓我歌唱時非常投入而專注。是的，我想我是喜歡唱歌的。」樂樂想了一下，這麼回答。

「看過音樂歌舞劇的腳本跟歌曲了嗎？」

「看過。」

「喜歡嗎？」

「喜歡啊！很多橋段都非常有挑戰性，很有意思。」

「有把握嗎？」

「嗯，我會努力。」

「那就好啦！輕鬆一點。妳只是要去參加音樂歌舞劇的演出，不是要去赴湯蹈火。」爾華微笑著結束兩人的對話。

奇妙地，樂樂的緊張感消失了。她看著鏡中的自己，深呼吸，然後，自信地微笑著。

記者會上，沈捷第一次與爾華及樂樂見面。

巨星風範，讓採訪媒體為之瘋狂，也讓爾華和樂樂留下深刻印象。

記者問：「沈先生，您對於這次合作的對象，是從未參與音樂歌舞劇工作的林爾華唱片製作人跟歌手殷樂樂小姐，有沒有什麼想法？」

沈捷笑著簡單回答：「都說了是第一次合作，我怎麼會有什麼想法？以後若有，我再回答各位。」

樂樂沒了緊張感，對於記者的提問應答得體，神情自在。

爾華一向是個很有個人風格的唱片製作人，表現更是隨性坦率。

有記者問了一個常有人問及的問題：「林製作，其實你的外型也很適合在螢光幕前演出，以前有沒有想過當一個藝人呢？」

爾華笑了笑，第一次正式地對媒體回覆這個問題：「我是個要用音樂說故事的人，並不適合當一個藝人，可能比較適合去發掘能夠唱出故事的好歌手。」

八卦報社的記者丟了個問題給樂樂：「殷小姐，聽說妳跟林製作交情很好，請問是好到什麼樣的程度？」

樂樂不慌不忙：「我們是很好的朋友。我說過很多次，林老師是我演藝事業上的貴人，也是個好老師。」

記者有意刁難似的：「有傳言指出，這次殷小姐之所以可以獲得與樂壇名人沈捷先生合作演出的機會，完全是因為林製作的關係？」

這個問題讓樂樂皺起眉頭，也讓爾華表情變色，眼看就要站起身罵人。

然而，不等樂樂回答，沈捷趕忙搶在爾華發飆之前，笑著說：

「其實，這兩位都是我主動要求唱片公司邀約的。我在香港就聽說這兩位的實力，也親耳聽過他們的作品。實在是太突出了，忍不住主動爭取這次的合作。」

這番話一出，場內記者一片譁然，爭向對沈捷提出問題。

樂樂跟爾華詫異地對看一眼，不約而同地看向落落大方的沈捷。

他們可沒聽說這樣的事情，而且，根本與事實不符。

沈捷的眼光投射在樂樂臉上，他趁著記者低頭寫稿時，對樂樂悄悄地眨了一下眼睛。

樂樂心頭一驚，低下頭強裝沒事。

爾華也看到了，微微皺了下眉。

沈捷則是把他們兩個的反應都看在眼裡，臉上的笑容顯得更加自得意滿。

「謝謝沈先生為我解圍。」記者會後的酒會上，樂樂向沈捷道謝。

「沒什麼，那種八卦問題，香港的狗仔隊一天要問上幾十次。我是經驗老到。」沈捷又對樂樂眨了下眼睛。

樂樂對於這樣的動作，有點不知所措。心想，這個沈捷，應該不是眼睛有問題吧？難道是習慣性眨眼的壞習慣？

爾華遠遠地看著交談中的兩人，也走上前。

「沈先生，剛才謝謝你了。」爾華舉杯。

「沒什麼。」沈捷微笑回禮，輕啜一口酒。

「對了，林製作是殷小姐的監護人或是經紀人什麼的嗎？」沈捷笑著問了個問題。

「當然不是。」爾華心裡有數地回答。

「那就奇怪了，我是解殷小姐的危，為什麼你要來道謝呢？」沈捷依然一臉的笑，眼神卻有些不以為然。

爾華對於這樣近乎挑釁的問話有些不高興，基於風度，還是笑著回答：「我們合作了幾次，加上我一向把樂樂當成自己妹妹，所以，雞婆了點。不好意思！」

「噢！原來是這樣。那我以後跟樂樂合作時得多注意些，免得你這個製作人哥哥生氣，看我不順眼，影響音樂歌舞劇呢！」沈捷依舊是不饒人地對著爾華明嘲暗諷著。

「怎麼會呢？沈先生你想太多了，老師不是這種人。」樂樂有些不高興地代替爾華回答。

「唉呀！我是開玩笑的。殷小姐別當真啊！林製作該不會也當真介意吧？」沈捷話鋒一轉，連忙打圓場，生怕樂樂生氣似的。

「當然不會。沈先生多慮了！日後還得合作，希望我們合作愉快！」爾華即便再火爆脾氣，也深知不好得罪大牌的道理，更何況沈捷是個名人。

「樂樂，去跟唱片公司老闆打聲招呼吧！」爾華轉過頭對樂樂說。

「嗯。沈先生，不好意思，我先離開。」樂樂不笨，感覺得到沈捷的氣焰。她心裡頭也不太舒服。

「去忙吧！我自個兒招呼自個兒成了。」沈捷一派從容，看不出不悅。

爾華草草結束這樣的對話，將樂樂帶離沈捷身邊。

瞎子都看的出來沈捷對樂樂有好感。更何況是爾華這個成為沈捷箭靶的目標？

爾華有預感，這齣音樂歌舞劇「日落神話」的工作不會太順利愉快。

VOL.8 〈愛情樂曲第八章〉──

衝突

沈捷出了名的刁鑽挑剔，讓參與歌舞劇的工作人員個個吃足苦頭。上至製作人爾華，下至服裝道具的工作人員，無一沒有見識過。

除了樂樂。

沈捷性子再差，也沒見他對樂樂發過脾氣。甚至，沈捷還熱心地指導樂樂如何演繹歌舞劇的技巧，下了戲也常邀約樂樂吃宵夜什麼的。

「日落神話」只籌備了四分之一的進度，沈捷與樂樂的緋聞已經在演藝圈裡傳得沸沸揚揚。

樂樂一如以往，不受緋聞纏身所動，面對媒體的追問，或是周遭的好奇，一概以甜美的笑容含糊帶過。

爾華遠遠地看著正在認真背誦劇本、歌曲的樂樂，心底突然湧起一陣酸。

他們，變得好遠好遠。什麼時候開始的？

從他們兩個日漸擁有名氣，各自被忙碌攫獲那一刻起吧？

爾華沉浸在自己的思緒裡，沒有注意到樂樂皺著眉頭朝他走來。

「醒醒。」樂樂的右手在爾華眼前晃了晃。

「樂樂？有事嗎？」爾華臉上有著大夢初醒的傻樣子。

「有。我打擾你發呆了嗎？」樂樂嗔笑著。

「呵呵，沒有啦。怎麼了？」爾華低下頭笑一笑。

「喏，你看看這一段。」樂樂嘟著嘴把劇本放在他手裡。

爾華拿過劇本看看，沒說什麼又遞還給樂樂。

「怎麼了？寫得很好啊！」

「有吻戲。」樂樂看來很傷腦筋。

「演戲嘛！難免的。」爾華失笑。

「可是，我沒有想到居然有吻戲。」樂樂皺緊眉頭。

「樂樂，這個必須靠妳自己克服。一個好演員，必須依照劇本，演什麼像什麼，不能都照妳的喜惡來拍，對吧？」爾華正色說道。

「我知道，可是……」樂樂咬著下唇說不出話來。

「樂樂，怎麼啦？吞吞吐吐的，真不像妳。」爾華稍微低下身子，與樂樂面對面瞧著她。

樂樂臉一紅，撇開頭去。

「到底怎麼了嘛？」爾華不死心地追問。而且，樂樂臉紅的樣子好可愛。

「沒……沒有啦！算了，算我沒說，我拍就是了。」樂樂覺得彆扭。

爾華伸出大手攔住極欲逃開的樂樂，一把拉到眼前。

「妳說清楚吧！這樣沒頭沒腦的，我很擔心影響妳演出的情緒。」

「就……就只是這樣？」樂樂怔怔地看進爾華眼裡。

「我……」爾華覺得胸口一窒，有些說不出的什麼，緊緊地攫住他的心。

樂樂的眼波流轉，裡面藏著許多許多的情緒。

「我…我的初吻，是要留給自己真正喜歡的人。」

樂樂紅著臉小聲地說著，眼睛始終都沒有離開過爾華。

爾華沒說話，甚至也沒有多加思考，他一把抱住樂樂拉進懷裡。

樂樂怔愣聽著分不清是誰的心跳聲，只覺得爾華的懷抱真的好溫暖。

樂樂還來不及說些什麼，想些什麼，爾華的氣息輕拂在樂樂臉上，她被籠罩在一小片陰影中，整個人被拉進因為爾華的吻所帶來的暈眩中。

樂樂的唇，比想像中柔軟。她身上的氣味，比陽光好聞。

是的，爾華心裡清楚，他不知道幻想這一刻有多久了。

是的，是的。他愛這個女人，這個正在他懷中，與他輕柔接吻的女人。

樂樂很害羞。有點笨拙地回應著這個突如其來的吻。

可是，她的心裡是喜悅的。這個吻，是她真心企盼的。

這一刻，就是這一刻，她突然淡忘了生命中曾有的一切苦難，淡忘了生活中庸俗不堪的忙碌。

世界變得璀璨而美好！

這形容太誇張了嗎？當每個人置身在這樣的情境中，世界都是美好而沒有苦難的，不是嗎？

腳步聲遠遠地傳來，驚醒了陷於熱吻當中的兩人。

樂樂尷尬地離開爾華的懷抱，紅著臉結巴地對他說了聲：「謝謝。」

爾華看著樂樂飛奔而去的背影，忍不住掩著嘴笑了出來。

謝謝？這個反應也太酷、太可愛了吧？真是美好的一天！爾華忍住跳躍的心情與衝動，愉悅地吹著口哨離開。

♬ ♬ ♬

爾華坐在編劇小楊的對面盯著他瞧。

「大製作，你別這樣盯著我看好不好？是不是我做錯事情了？」小楊被看得渾身發毛，吞了吞口水。

「沒有，你一向表現得很好。」爾華思忖著該怎麼開口。

「那，有什麼事情會勞您的大駕？」小楊看著爾華詭異的笑容，還是小心翼翼。

「好，我就直說了。關於沈捷跟樂樂劇中的那段吻戲，有一定的必要嗎？」

「原本是沒有啦。可是……」小楊看了看四周，確定沒有閒雜人等。

「是沈捷主動要求的。」小楊神秘兮兮地說。

「哦？理由呢？」爾華有點意外。

「唉呀！你這麼狀況外啊？」小楊笑了出來。

「什麼意思？」爾華皺起眉頭。

「沈捷很喜歡樂樂，難道你看不出來嗎？」

「那些是媒體在捕風捉影。何況，緋聞可以讓這部歌舞劇多些知名度，這是慣例，你有啥好大驚小怪的？」爾華嗤之以鼻。

「有些緋聞是炒作出來的，有些緋聞則未必是緋聞。」小楊打禪似的說著。

「你的意思是？」

「沈捷是來真的。要不然，以他的身價，有必要來要求我這個小編劇加上親吻的劇碼嗎？」小楊翹起二郎腿，悠哉地抽著菸。

「我要你刪掉那個片段。」爾華厭惡地皺著眉頭。

「什麼？」小楊張大嘴巴，菸頭差點就燙到自己。

「拜託！我只是個小編劇，你們就別玩死我了。一個要我加，一個要我刪，我到底聽誰的？」

「我是製作人，聽我的。我認為這個橋段沒有必要。更何況，沈捷用這種手段想對自己喜歡的女人一親芳澤，不覺得太過沒品嗎？虧他還是個國際知名的樂壇巨星呢！」

爾華的語氣中充滿了濃濃的敵意跟不屑。

「你也知道他是個國際巨星啊？那你還要得罪他？」小楊不解。

「這個跟得不得罪沒關係。我要的是專業！專業的樂曲，專業的演出者，專業的編劇。如果，你因為擔心這樣一來會得罪他，那麼，就老實說是我指示的吧！」

看著爾華一臉堅持，小楊只得同意照做，連忙召來助理回收已經發出去的劇本。

「華哥，要是沈捷真的發飆，你可不能不管我死活啊！你也知道他是出了名的難搞。」小楊苦著臉。

「放心，我自有分寸。」爾華忍住心中的怒氣，往片場走去。

♬ ♬ ♬

「這是什麼意思？」沈捷不出所料地找上門發飆。

小楊嘆口氣，唯唯諾諾：「這是製作人的意思。他認為這個橋段沒有必要，會破壞整齣戲的質感。」

「開什麼玩笑？那你是說，你現在是把我的意見當成放屁囉？你到底知不知道我是誰？王八蛋！」沈捷簡直氣炸了。

「我當然知道你是誰，你是大名鼎鼎的沈捷！」小楊忍住氣說。

「比起爾華這個初出茅廬的音樂製作人，你不認為我的意見比較受用嗎？現在不管是演唱會還是音樂劇，就是要有梗，要有看頭，那種清粥小菜的內容，觀眾不會喜歡的。懂不懂啊？你這個豬頭！」沈捷越想越火大，語氣也很不留情面。

「這是齣音樂歌舞劇，不是商業娛樂偶像劇！既然你是這麼有經驗的表演者，怎麼還會有那種考量呢？」爾華的聲音也蘊含著怒氣。

「林製作！」小楊驚喜地看著前來解圍的爾華，幾乎就要掉下眼淚了。

「林製作，你這話是什麼意思？是指我不專業囉？」沈捷轉過身瞪視著爾華。

「我沒這麼說。只是站在製作人的立場，我有義務也有責任維持作品的品質。藝術的表現，不是光靠煽情的劇情來營造的。」

爾華的語氣裡有明顯的宣示意味。

「你懂個屁？」沈捷上前緊揪住爾華的衣領。

「我的職責是製作好的音樂和好作品，你的職責是照著樂曲演唱、按著劇本演出。這樣，你聽懂了嗎？」爾華不慌不忙地拂開沈捷的手。

「如果，你堅持要擅自加進吻戲，我們只好懷疑你這麼做是出於私心，是對樂樂有非分之想。」爾華一點也不留情面地繼續說。

沈捷氣炸了，想也沒想就脫口而出：「是又怎麼樣？我就是喜歡樂樂，我要得到她！不計一切代價！」

聽到爭執聲陸續趕來的工作人員，剛好聽到沈捷的話，紛紛面面相覷。

「這樣的你，還好意思說自己是專業表演者？」爾華冷靜地看著他，讓人猜測不出他的心情。

「我愛怎麼做就怎麼做。這齣音樂劇少了我，就進行不下去了。但，少了你這個沒經驗的菜鳥製作人，多的是候補的人選！我們走著瞧！」

沈捷不顧眾人的眼光，留下這麼一段話，惱羞成怒的他，離去前剛好瞥見朝他們走過來的樂樂，想也不想就抓住樂樂的手。

「樂樂，我一定要得到妳，不惜一切代價！」

沈捷俊俏的臉上有著咬牙切齒的兇光，雖然溫柔地在樂樂手背上印上一吻，還是把樂樂給嚇得說不出話來。

說不出話來的，不只是樂樂，還有在場的每一個人。

這是什麼情形？巨星的愛的表白？還是兩個男人莫名其妙的戰爭？

每個人都心知肚明又一頭霧水。

樂樂驚惶地看著爾華，不明白到底發生了什麼事情？

「老師？」樂樂輕聲叫喚。

爾華安撫似地對著樂樂笑著搖頭，用嘴型說了聲：「沒事！別怕。」

♬　♬　♬

「不換製作人，我就走人！」沈捷在唱片公司老闆的辦公室裡大聲咆哮。

唱片公司老闆頭痛地看著他，根本不理解發生了什麼事情。

「林製作的功力在國內是數一數二的，雖然是第一次監製音樂舞台劇，但是，我們都看過已經籌備好的部分，非常好啊，為什麼要撤換製作人？」

「那個傢伙太狂妄，太目中無人了。他以為他是哪根蔥、哪根蒜啊？」

沈捷怎麼嚥得下從爾華那兒所受的氣？他這個超級大牌，可是很多人眼裡的搖錢樹呢！誰不是把他當成寶來對待？

雖說他確實很欣賞爾華的才氣，但是對自負成性的沈捷來說，在眾人面前這樣頂撞他的行為，仍是不可原諒的。

「怎麼回事？你好好說給我聽，我來評理吧！」為了試圖安撫沈捷，唱片公司老闆也只能先這麼說，沈捷看來就像是火山要爆發似的。

沈捷氣呼呼地把事情始末說給唱片公司老闆聽，希望能獲得支持。

「其實，林製作的論點也沒錯。『日落神話』的確不是一部商業娛樂偶像劇，如果有作品品質上的顧慮，也不一定就要加上一些男女主角間親密的橋段。」

唱片公司老闆好聲好言地繼續勸說：「你的建議當然也很好，這齣音樂歌舞劇若是可以叫好又叫座，那是再好不過的。先消消氣，我們有話好好說嘛！」

沈捷聽完不但沒有氣消，反而更暴跳如雷。

「看來你是不打算把他換掉，那好，我不玩了！老子有的是本錢毀約！」

「唉呀，沈大牌，你這是幹嘛呢？劇照都拍了，對外宣傳也做了，半途退出怎麼說對你的演藝名聲都有影響的，不要這麼衝動嘛！唱片公司老闆急忙拉住他。

「總之，我的心意是不會改變的。有他就沒有我，有我就沒有他。我跟他是不可能繼續再合作的！你考慮清楚吧！」沈捷一把甩開他，眼神中都是冷漠。

唱片公司老闆一臉為難地看著沈捷，手直搔著沒幾根頭髮的腦門。

沈捷拉開門走出去之前，回過頭補上幾句：「對了，先跟你打聲招呼。我非常喜歡樂樂，沒有意外的話，過陣子這齣音樂歌舞劇就會多出一個話題了。」

唱片公司老闆張大嘴巴呆愣地看著沈捷的背影，表情看起來又像哭又像笑。

「真……真是個瘟神！」唱片公司老闆自言自語地嘟囔著，然後趕緊四處打電話討救兵。

♬　♬　♬

沈捷的名氣跟影響力畢竟大過爾華許多，即便唱片公司老闆和投資商多麼屬意爾華繼續監製，依舊得屈服在沈捷的威脅運作之下。

爾華被撤換了，「日落神話」換了一個慣常與沈捷合作的張製作。

爾華本人沒有多做爭取，也沒有任何異議，就是接受了。

樂樂既不解又生氣極了。她不明白為什麼會發生這樣的事情？只是一段親密戲的橋段，何以演變成這樣的局面？

樂樂走進爾華的個人工作室，一臉的憤恨不平。

「老師，這太沒道理。你就這樣一句話也不吭嗎？」樂樂氣呼呼地。

爾華微笑地看著她，語氣中沒有任何情緒：「演藝圈是這樣的。現實而殘酷。我惹到了一個大牌，被撤換也是意料中的事。」

「你是說，你早就知道這樣做的下場就是被撤換？那你幹嘛還要這樣做？」樂樂不解地看著他。

爾華笑笑地說：「照顧演出者的心情，也是製作人的職責。既然妳對那場吻戲有意見，加上真的沒必要加上親熱戲，我只是據理力爭。」

樂樂伸出手拉住爾華的衣袖，眼神燦燦：「只是……真的只是因為這樣嗎？」

爾華定定地看著樂樂，忍不住伸出手摸摸她的頭，很溫柔很溫柔地說：「當然不只是這樣。」

樂樂覺得自己的心劇烈地跳動著，希望聽到些什麼，又害怕聽到些什麼。

「我們怎麼說也是自己人，妳又是因為我當初的鼓勵才進入演藝圈，我當然得多費心關照妳，保護妳。是不是？」

爾華壞壞地看著樂樂臉上的表情。以他的情場經驗，他怎麼會遲鈍到感覺不到兩個人之間的情感流動呢？

他只是不想嚇壞這個一點經驗都沒有的小女孩。

「噢，是啊！老師一向把我當成妹妹一樣照顧。」樂樂放開手，低下頭，表情有些落寞。

可是，上次那個吻……那個讓我腿發軟、臉發燙的吻，也只是哥哥對妹妹的關照嗎？

樂樂不笨，她知道那個吻，是男女之間的吻，才不是什麼友誼式還是兄妹間的親吻呢！

那麼，到底爾華心裡是怎麼想的呢？樂樂一點頭緒也沒有。

樂樂打起精神，「你真的就這樣退出這部戲嗎？大家都說這齣音樂歌舞劇或許會造成大轟動的呀！」

樂樂非常肯定爾華的才華，她希望看見他成功，看見他能發揮所長。

爾華灑脫地笑一笑：「我無所謂。我的舞台，我的戰場，不會因為這樣就不見了。我的才華，我的能力，也不會因為這樣就消失了。別擔心！撤換掉我，是唱片公司老闆的損失，是大眾的損失，不是我的損失。」

好自信的男人！樂樂在心底讚佩著。

或許，就是爾華這份帶著驕傲自負的自信魅力，讓樂樂不知不覺中，從欣賞到崇拜，漸漸地產生了自己也沒察覺的愛慕。

「那我也退出。我才不要跟那種驕傲自大的人合作呢！」樂樂負氣地說。

「不行！」爾華急忙阻止。

「為什麼不行？」樂樂拗了起來。

「妳知不知道任意違約要付出多少違約金？公司會允許嗎？而且，這是妳成名的一個好機會。」

「我才不在乎成不成名呢！」樂樂噘起嘴來。

「有了名氣，妳才有資格有權力挑剔要求啊！傻丫頭。」爾華摸摸樂樂的頭髮。

「可是，那個沈捷真的欺人太甚了嘛！我一想到要繼續跟他合作，就一陣反胃。」樂樂對沈捷的厭惡不假。

「哦？我還以為被他那種國際知名的帥哥巨星追求，是每個女人心底最大的夢想呢！」爾華打量著樂樂臉上的表情。

「拜託！你知不知道那個沈捷有多噁心啊？」樂樂翻翻白眼，一副受不了的樣子。

「每次邀我去吃宵夜，老是盯著人家的臉看，害我吃也不是，不吃也不是。還有，我最討厭的花就是香水百合了，偏偏他一天一束的送，還越送越高興，搞的我一進化妝間就頭暈。」

聽著樂樂氣呼呼地指控沈捷的「惡行」，爾華心裡有說不出的暢快。

「樂樂，說真的，我退出這齣音樂歌舞劇的工作行列以後，妳要懂得保護自己。妳上次也聽他說了，他是不計一切代價的要得到妳。他可以把我弄走，當然也可以對妳任意所為。答應我，凡事小心，好嗎？」爾華忍不住憂心地交代著。

「嗯，我知道。」樂樂傷心地紅了眼眶。

♬ ♬ ♬

除了那一場吻戲，沈捷倒是沒有再要求編劇加入什麼親密的橋段。

樂樂煩悶地翻著手中的劇本，因為，待會兒就要拍攝這一場在雨中跟沈捷親吻的戲了。

她的心思不斷飛向爾華吻她的那一天下午。

那個吻，有陽光的味道。

樂樂遠遠地看著一副神采飛揚樣子的沈捷，心裡有說不出的厭惡。

一想到待會兒要跟那種仗勢欺人的傢伙拍吻戲，總覺得胃裡頭翻攪的厲害。

「樂樂，準備囉。」場記的聲音遠遠傳來。

樂樂不情不願地站起身，腳步是說不上的沉重。

就把沈捷的吻，想像成是爾華的吧！樂樂在心底這麼對自己催眠著。

那一場雨中的吻戲，飾演盲女的樂樂必須在街頭胡亂走著，內心因為受到傷害而感到無助害怕。

這時候，沈捷飾演的男主角在街頭心急地找尋著，好不容易在深夜下著大雨的街頭發現樂樂，於是，在情感的流動下，兩人緊擁，進而親吻。

前面的歌唱與戲，樂樂掌握得很好，把盲女孤單流落街頭那種無助的感覺，詮釋得很棒。

當沈捷飾演的男主角出現在她面前深情呼喚著她，樂樂必須跌跌撞撞地朝沈捷走去，然後被一把擁在懷裡。

這個時候，樂樂猶豫了一下，腳步停頓，表情僵硬。

她知道，接下來就要跟沈捷接吻了。

心裡突然湧起了千百個不願意，抗拒的念頭不斷在她腦中盤旋著。

當沈捷的手將她拉進懷裡時，雞皮疙瘩爬滿了樂樂的全身上下。樂樂得花好大的意志力，才能控制住想推開沈捷放聲大叫的念頭。

沈捷還以為樂樂是因為冷而顫抖，體貼地更加擁緊貼近。

就在沈捷即將吻上樂樂的嘴唇的那一刻，樂樂吐了！

就直接吐在沈捷胸口，吐得沈捷全身都是。晚餐時樂樂吃進肚子裡的咖哩雞，還看得出形狀，顏色就更別提了。那情景，說有多噁心就有多噁心！說有多爆笑就有多爆笑！

沈捷當場傻愣著說不出話來。

工作人員急忙一擁而上，有的遞水給樂樂，有的拿毛巾給樂樂，有的急忙清理沈捷身上的穢物。總之，是亂成一團。

有眼睛的人都看的出來，沈捷的表情有多麼尷尬好笑！眼角跟嘴角都隱隱抽動著。

沈捷為了表示紳士風度，草草擦去身上的穢物，走向被小楓攙扶著的樂樂，關心地問著：「親愛的，妳還好吧？」

樂樂一見沈捷又靠近她，好不容易止住的反胃感覺，又席捲而來。

她強忍住反胃的感覺，跟沈捷道歉：「對不起。」

沈捷對她笑了一下：「沒關係。休息一下我們再來過。」

沈捷伸出手替樂樂拂開遮蓋住臉頰的髮絲，樂樂還來不及說些什麼，一陣反胃，又是吐得沈捷一身都是。

這下子，沈捷可是再也笑不出來了。

「對不起！對不起！樂樂大概是感冒了，我帶她去休息一下。」小楓嚇得滿臉慘白，連忙將樂樂帶離現場。

一旁的工作人員，個個憋住氣，在心底笑他個翻天覆地。

樂樂虛弱地躺臥在躺椅上休息，臉色稍微恢復了紅潤。

「妳還好吧？是不是感冒啊？」小楓擔心地看著樂樂。

樂樂搖搖頭，喝了杯水之後，她說：「我好餓。」

「嗄？餓？妳剛剛才吐耶！」小楓把手放在樂樂額頭上。

「沒發燒啊！奇怪。」

樂樂拉開小楓的手。「就是因為剛剛吐光了，才餓嘛！」

「樂樂，妳真的怪怪的。這已經妳第七次因為要拍吻戲而嘔吐了。到底怎麼了？難不成……」小楓的臉色一變。

「妳該不會是……有了？」

樂樂坐起身子，推了推小楓的額頭：「難怪妳的綽號叫豬頭妹。」

「我看起來像是有交男朋友的樣子嗎？還是哪裡看起來像孕婦？」樂樂又好氣又好笑。

「也對啦！可是，妳嘔吐的症狀太可疑啦！妳自己看嘛，一個星期來，妳每天都吐，製作人只好為了趕進度先跳其他場戲，這樣下去真的很糟糕耶。」小楓擔憂地看著樂樂。

「唉！我自己也不知道是怎麼了？反正，只要那個沈捷一靠近我的臉，我就想吐。」樂樂一提及沈捷，想到吻戲的畫面，又是一陣反胃。

「喂！他可是個大帥哥耶，多少女生夢想與他接吻啊！妳也給點面子吧！」樂樂的反應讓小楓笑得花枝亂顫。

「真的啊！我真的想吐嘛！」樂樂一臉委屈。

「而且啊，我一想到他對老師做出這麼過分的事情，我就好生氣！仗著自己有名氣、有勢力，就這樣任意欺負他人，真的非常、非常過分耶！」說到這，樂樂一臉氣憤。

「是啊，我也嚇了一跳。不就是兩個專業人士對劇情安排的意見分歧嗎？怎麼會演變成這樣？對林先生來說真的好可惜哦！」小優也覺得有點不平。

「對了，老師最近忙什麼啊？」樂樂好掛念爾華。

小楓嘆了口氣：「好像又到鼓浪嶼去了……」

樂樂揪著身上的襯衫，皺著眉頭看小楓，心裡有很多很多思念。

她想起媽媽。

前一陣子，爾華才有意無意地提醒她，老人家年紀大了，需要的是後輩的關心與陪伴，錢賺到一個程度，也該撥些時間好好陪陪家人。

樂樂，突然好想、好想回家。

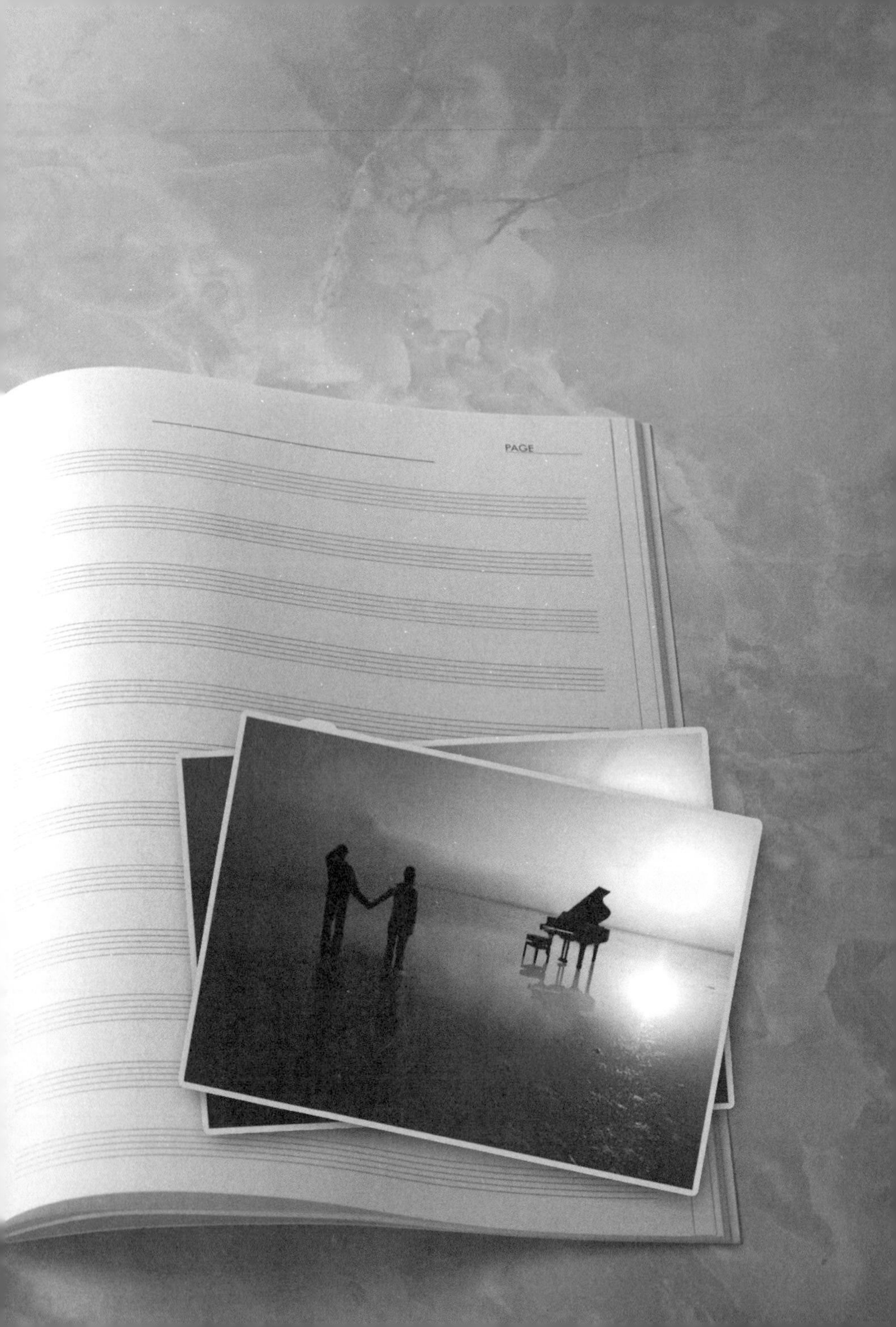
PAGE

VOL.9 〈愛情樂曲第九章〉——

相愛的勇氣

「范大哥，日落神話結束之後，暫時不要幫我接工作了好不好？」樂樂考慮了好幾天，終於向范堅提出這個請求。

「怎麼了，樂樂？是不是累了？」范堅捻熄手中的香菸。

「我想回家看看我媽媽。她年紀大了，需要我的關心跟照顧。」樂樂誠懇地說。

范堅翻了一下行事曆，面有難色地說：「樂樂，我知道妳孝順。可是，公司幫妳簽下的唱片合約還有三張，大概要到明年中妳才有時間休息耶。」

「能不能推掉呢？」樂樂有點著急。

「樂樂，妳知道妳自己最近有多麼紅嗎？有多少製作人在排隊等著跟我們簽下妳的唱片約嗎？還不包括廣告和代言哦！」范堅微笑地看著她。

樂樂搖頭：「我根本不在意自己走不走紅。我在意的是我媽媽！」

范堅看著一臉堅決的樂樂，為難地：「這樣吧！我們先完成接下來的三張唱片約之後，再來調整妳的工作量，好嗎？」

「范大哥，真的推不掉嗎？」

「約都簽了，違約金是一筆不小的數目，恐怕妳之前辛苦的代價都要沒了。再忍耐一段時間好嗎？新人就是這樣，總是比較辛苦。這樣吧，我不會再幫妳安排無謂的飯局了，讓妳有足夠時間好好休息，好嗎？」

范堅難得體貼有人性的說詞，卻讓樂樂難過得低下頭。

「好吧！范大哥，等我這三張唱片約履行了之後，真的能讓我暫停工作，好好回家看看媽媽嗎？」

范堅放心地點點頭：「當然，我說到做到。」范堅又問：「我知道妳最近太累了，也知道妳最近身體狀況不太好，聽說常嘔吐？有沒有去醫院檢查？」

「我沒事，大概是感冒吧！」樂樂擠出一個笑容。

「那就好。記得多休息多喝水，保重自己哦！好嗎？」范堅拍拍樂樂的肩膀為她打氣。

走出公司，接近十二月天的寒涼，讓樂樂有了一股想哭的衝動。

她突然有點後悔，當初為了多賺點錢照顧媽媽，沒有多加思考後果。

沈捷的車停在「大展」門口，遠遠地看見樂樂，他眼前一亮，隨即開了車門走向樂樂。

「嗨！樂樂。」沈捷愉快地跟樂樂打招呼，臉上是他迷死人的招牌笑容。

樂樂一見來者是他，心下發毛，當場想掉頭走人。但是礙於禮貌，她只好催眠自己擠出一個甜美的笑容應對。

「沈先生，這麼巧啊！」樂樂多希望有根牙籤能撐住她嘴角的線條啊！

「叫我沈捷。我是專程來找妳的。」沈捷一見到樂樂就覺得心情好。

「找我？有事嗎？」樂樂心下狐疑，警戒地看著他。

「是啊！有朋友介紹說，有家診所的醫生醫術高明，我想帶妳去看看。」

「看醫生？我好好的看什麼醫生啊？」

「妳這陣子不是常常無端嘔吐嗎？既不是中暑又不是感冒，我想帶妳去檢查一下身體，免得真出了什麼問題，那可就不好了。」沈捷的關心是發自內心的。

但是，樂樂偏偏就是有點不領情。她心裡真想直接說出：你離我遠一點，這毛病自然就不藥而癒了。

「不用了啦！怎麼好意思麻煩你呢？我……呃，應該只是吃壞肚子，鬧鬧腸胃炎什麼的，這兩天有好一點了。」樂樂仍是掛著一副甜美的笑容虛與委蛇。

「真的嗎？」沈捷熱烈的眼神盯著樂樂直瞧。

「真的、真的。」樂樂看見沈捷熱切的眼神，強忍下一身的雞皮疙瘩。

「那，我們後天排練場見，希望這次可以一次OK，妳不會再吐得我一頭一臉了！」沈捷苦笑著說。

「嗯！我盡量。」樂樂小聲地說著。

「什麼？妳說什麼？」沈捷不知道是沒聽清楚？還是想問清楚？

「沒有，我是說，一定！一定！」樂樂笑著打哈哈。

「來！我的車在那兒。」沈捷一把拉住樂樂就要往前走。

樂樂急忙甩開手：「你要幹嘛？」

沈捷看著往後退了好幾步的樂樂，溫地笑著說：「帶妳去喝咖啡啊！這天氣這麼冷，我哪捨得妳受凍啊？」

「不用了。我還有事……」樂樂連忙搖頭。

「樂樂啊樂樂。妳是真傻？還是裝傻？難道不明白我的心意嗎？」沈捷突然抓起樂樂的手，深情款款地看著她。

樂樂冒出一身冷汗。「我……我聽不懂你在說什麼。」樂樂使勁抽出被緊握著的右手，偷偷地在牛仔裙上擦拭著。

「樂樂，我相信妳很清楚我的心意。我喜歡妳！不，應該說是深深地為妳著迷！」沈捷又走近樂樂。

樂樂往後又退了幾步：「沈先生……，我覺得大家都是工作伙伴，還是不要涉及男女私情比較好。」

「瞧妳這害羞的小東西！」沈捷一點也不覺得自己的語氣噁心。

「我不是害羞，我是認真的！」樂樂提高音量正色地說著。

「親愛的，說了幾次了？叫我沈捷。唉，我知道、我知道，妳是怕自己被別人說成高攀。而且，妳擔心要是鬧出緋聞，對我們的演藝事業有影響是吧？放心，妳跟我談戀愛，絕對只有加分的效果！」沈捷不僅自負，還很自戀。

樂樂翻翻白眼，不知道怎麼跟眼前這個自以為是到極點的港仔說個清楚。

「我沒有興趣交男朋友。」樂樂看著沈捷的眼神堅決，語氣堅定。

「我要走了。」話說完，樂樂像是逃跑似地一溜煙逃開。

沈捷不以為意，微笑地看著樂樂美麗的背影，看來神色自若。

♬　♬　♬

「我快瘋了！真的、真的要瘋了。」樂樂抓著電話筒，不住呻吟。

爾華微笑著。「怎麼了？沈捷對妳展開瘋狂追求了嗎？」

「你的語氣中帶著幸災樂禍。」樂樂嘟起嘴。

「哈哈！不理他就是了。好好把歌舞劇完成就解脫啦！」爾華可以想像樂樂現在的模樣有多麼可愛俏皮。

「可是，我真的快要被他搞瘋了嘛！」樂樂都快要哭出來了。

沈捷是個可怕的死纏爛打型的追求者。樂樂從沒見過像他這樣碰了釘子還一無所知繼續勇往直前的人。

爾華笑著說：「我知道。我都聽小楓說了。嗯，辛苦妳了。」

藏不住的笑意充斥在爾華的眼神與嘴角。

「我去看看你好不好？」

樂樂脫口而出的這句話，讓兩個人都怔愣住了。

爾華感覺到一股暖流流竄在他的胸口，久久讓他說不出話。

樂樂不能解釋為什麼，只是好想去看看他。

沒有他在身旁，怎麼樣都覺得好寂寞。

「好。」

爾華只說了一個字，但是，對他們兩個而言，卻像是已經說了千言萬語。

♬ ♬ ♬

樂樂有點緊張地看著爾華工作室門口，不知道爾華出現的時候，自己應該說些什麼才好？

樂樂摸了摸頭髮，整理了一下衣服，又調整了一下臉上的黑框眼鏡。很久沒有戴著眼鏡出門了，怕被眼尖的歌迷認出來，只好讓自己這樣土土的出門，希望爾華不會介意。

樂樂深呼吸一口氣，為自己壯膽。

她怎麼會這麼大膽說出要見面這樣的話呢？樂樂到現在還可以感覺得到話說出口當時，自己的心跳頻率。

爾華遠遠地就看見站在玻璃門前的樂樂，白色棉衫加藍色牛仔褲，長髮綁成一個清爽的馬尾，臉上還戴了一副黑框眼鏡，看起來像個清純的女學生。

樂樂還是記憶中那個清新可人的模樣。

「嗨！妳來多久了？」爾華用一個大大的笑容迎接她。

「差不多十分鐘。」樂樂的臉頰透著點紅暈。

「那，我們去附近喝杯咖啡？」爾華提議。

「我看，我們去附近散散步吧？」

「也對，咖啡廳人多，搞不好遇上狗仔隊。」

「也不是啦，今天晚上不算太冷，去公園透透氣，好過咖啡廳的暖氣囉！」樂樂的眼神灼灼燦燦。

一路上，兩個人維持了大約一個手臂的距離，偶爾在行進間，會彼此碰觸到對方的手臂，然後又悄悄地閃躲開。

一種幽微曖昧的情感，在深秋夜裡隱隱發酵。

樂樂深深地呼吸一口公園裡舒爽的氣息，滿足地對著爾華微笑。

「很久沒這麼自在地散步了吧？」爾華看著有孩子般神情的樂樂，心裡有點不捨。

「是啊！一方面也是沒時間偷閒。」

樂樂在飲料販賣機投進硬幣買了兩瓶鋁箔包裝的紅茶，遞了一瓶給爾華。

「以前，我最愛喝這個牌子的紅茶。好久沒喝了。」樂樂滿足地喝著。

「都是糖水，對身體不健康吧？」爾華對甜的東西沒轍，包括飲料。

「這個牌子的便宜啊，加量不加價。多划算啊?!」樂樂笑著說。

「現在不需要這麼斤斤計較了吧？感覺如何？」爾華勉強陪著樂樂喝了幾口。

「嗯……，不知道耶。有好有壞吧！」

樂樂一口氣喝光紅茶，把鋁箔包裝壓縮得扁扁的，俐落地投進垃圾桶裡。

「不用為生活煩惱是很棒，但是，相對的，快樂也少了很多很多。」

「因為變得不自由了？」爾華努力地想把手中的紅茶解決。

「是啊！以前，我可以陪媽媽上市場買菜，跟同學逛逛書局，逛夜市。現在，連出門都會被記者跟拍。我覺得，我的人權都不見了。」

爾華聽出樂樂話語中的抑鬱寡歡，有點歉疚地看著她。

「後悔進演藝圈嗎？」

「有一點。但快樂還是有的。」樂樂笑了笑。

「真的？哪裡讓妳覺得快樂？」爾華有點訝異。

「至少，我比較瞭解你的工作啦！也發現自己其實還滿喜歡唱歌的。」

「瞭解我的工作會讓妳感到快樂？」爾華訝異地看著樂樂。

「妳知道妳在說些什麼嗎？樂樂？那是會讓我心動的話啊！」

樂樂怔愣地看著爾華，她只是坦白說出自己所想的。

「是啊，我想要瞭解。」樂樂笑了笑。

「可是，不要問我為什麼好不好？我還是有身為一個女孩子的矜持跟害羞的。」樂樂紅著臉吐了吐舌頭。

爾華笑得開懷，覺得自己非常幸運的緣故。

「走吧！」爾華走向前，牽起樂樂的右手。

「去哪？」樂樂紅著臉，但是沒有拒絕。

「帶妳去聽聽我的新作品。」

樂樂微笑地點點頭，右手稍微使勁地握住爾華的左手。

愛情的來臨，有時候困難重重，但，有時候，只是一個微笑，一個牽手，這麼簡單。

只要對方是對的那個人！

♬ ♬ ♬

「樂樂，就差妳跟沈捷那一場吻戲了。妳一定得配合，否則這部戲永遠殺青不了！」張製作不耐煩地對樂樂下最後通牒。

樂樂驚懼地看著製作人，一時之間不知道該說些什麼。

「我不管妳是真生病，還是心理因素裝病，一個專業敬業的表演者，就有義務配合戲劇的需要演出。」張製作的口氣十分嚴厲。

樂樂當然明白也接受製作人所說的，但是，要她跟沈捷接吻，恐怕拿把刀殺了她會比較快。

「這場戲的安排太突兀了。恕我直言，這部戲不就是要表達男女主角之間那種淡淡的情愫嗎？為什麼一定要安排這場吻戲去破壞平衡？」樂樂鼓起勇氣說出自己的意見和想法。

「我再說一次，妳是個表演者，照著劇本去演就對了！」張製作顯然已經失去溝通的耐性。

一方面是這場戲實在延宕太久，另一方面，當然也是因為接收了沈捷那邊施加的壓力。

沒什麼道理的，沈捷始終認為，男女之間的情感培養，必須從較為親密的肢體接觸開始。

這也是他為什麼一直施壓力促成這場吻戲的主因。

「一開始，劇本根本沒有這一場！」樂樂倔強地看著製作人，用神情說明她有多麼不願意。

「妳這麼說是什麼意思？」張製作已經火冒三丈了。

「我只是據實以告。」樂樂也不退讓。

「別以為妳在樂壇小有名氣就可以拿蹺，我告訴妳，多的是演員、歌手排隊演這齣歌舞劇！」張製作威脅著。

「如果要因為對這場吻戲達不到共識就要換人，我也只能接受！」樂樂已經打算豁出去了。

小楓在一旁捏了一把冷汗，拉扯著樂樂的衣袖。

正當兩個人僵持不下時，沈捷出現了。

「怎麼了？火氣都這麼大？」沈捷的笑容裡，總有種說不出來的奸巧。

「問她啊！一個菜鳥還自以為自己多了不起，挑三撿四的！到底有沒有意識到自己的身分啊？」張製作氣呼呼地說著。

「張製作，我看這樣吧！我來跟樂樂聊聊，你跟小楓先去休息。」沈捷一副和事佬的模樣。

樂樂緊抿著唇低頭看著自己的手指，不看向任何一個人。

張製作沒說什麼氣沖沖地走出樂樂的休息室，小楓擔心地看了一眼樂樂，也跟著出去。

沈捷氣定神閒地關上休息室的門，拉了一把椅子坐在樂樂身邊。

「樂樂，真的這麼排斥跟我演吻戲嗎？」

沈捷語氣溫和地問著樂樂，但眼神卻透露著掩飾不住的火焰。

樂樂嘆了一口氣，深呼吸幾次調整自己的心情。

「是的，我一點也不想跟你拍吻戲。」樂樂盡量讓自己的語氣平和。

「為什麼呢？」沈捷真的想知道。畢竟，很少有女人躲得過他的魅力攻勢。

樂樂緩緩地抬起頭看著沈捷，眼神堅定。

「因為，我覺得那場戲根本沒必要。還有，我真的會因為你的碰觸跟親吻，而覺得想吐！」

沈捷的笑容僵在臉上。大概有一分鐘的時間，他覺得自己的心臟被樂樂的話狠狠地擊中。

看著樂樂甜美的面貌，聽著樂樂殘酷的話語，他竟然不知道自己應該抱住她？還是乾脆掐死她？

「我想，那是妳太純真了。妳一定連男朋友都沒交過吧？所以，下意識地恐懼這樣的親密接觸。而且，妳接觸戲劇不久，應該也還沒調適接受這樣的工作內容。沒關係，我們可以多溝通，多瞭解彼此，然後讓這齣歌舞劇順利地進行下去。」

沈捷好不容易穩定住起伏的情緒，推斷出這樣的結論，也安撫自己被傷害的自尊心。

樂樂沉默了幾分鐘，決定老實說出自己的想法。

「其實，我非常不欣賞你。不欣賞你仗勢欺人的做法，也不欣賞你自認高明的追求手段。」

「哦？這樣啊？」沈捷吃了一驚，但是很快地穩住自己。眼神與笑容中有著洞悉一切的精明。

「我看，妳是在為林爾華叫屈吧？顯然，你們之間的關係，不只是師生或朋友這麼單純。」

樂樂沒有承認也沒有否認。事實上她認為，她跟爾華之間感情如何？跟沈捷一點關係也沒有，沒有必要去說明交代些什麼。

「可惜啊！可惜！」沈捷逕自笑了出來，笑聲讓人不寒而慄。

「可惜？你在說什麼？」

樂樂原以為沈捷會暴跳如雷、破口大罵的，沒想到他竟然笑了出來，還說了莫名其妙的話。

「我本來是要助妳一臂之力的，演藝圈這條路真的充滿了許多荊棘。可惜，妳挑了最難走的一條路走。」

沈捷兩手撐在樂樂的椅子扶手上，俯視著樂樂。

樂樂盡量將身體往後縮在椅子裡，有點害怕地瞪視著沈捷。

「你……你到底要說什麼？不要這樣拐彎抹角的！」

「我以為妳很聰明，沒想到，也不過是個傻ㄚ頭。」

沈捷像是逗弄著手到擒來的獵物一樣，眼神中有著猜測不出的光芒。

「憑我在演藝圈的地位，跟了我，飛上枝頭做鳳凰是一朝一夕的事情，沒想到，妳卻甘願跟著爾華那個什麼都沒有的傢伙？」

「我根本不希罕什麼名氣和地位！」

樂樂不屑一顧的眼神跟語氣激怒了沈捷。

沈捷像是老鷹抓小雞似地一把揪住樂樂，將她從椅子上拉起，惡狠狠地對她說：「妳不在乎自己的前途，也不在乎林爾華的嗎？」

「你……你放開我！」樂樂在備受驚嚇之餘，死命地想要掙脫沈捷的箝制。

「放開妳可以，但是，妳記住一句話，我不會放過林爾華。我們走著瞧！看看是誰會比較慘！」

「你到底想幹嘛？」樂樂驚懼地看著沈捷因為憤怒而扭曲的臉，猜不透沈捷究竟打算對她和爾華使出什麼手段。

「既然妳什麼都不在乎，又何必問我想要幹嘛呢？」

沈捷一字一句緩緩地說著，眼神中有著嗜血的殘忍。

沈捷的氣息吹拂在樂樂臉上，讓樂樂忍不住起了一身的雞皮疙瘩，那種欲嘔的感覺又席捲而來。

樂樂得花好大的力氣才能忍住不哭泣、不顫抖、不示弱。

沈捷粗魯地放開樂樂，整理自己略微縐折的襯衫，頭也不回地走出門外。

樂樂癱軟在椅子上，紅著眼眶喘著氣，這才覺得害怕委屈地掉下眼淚。

她不怕自己會遭遇怎樣的挫折打擊，她擔心的是爾華。

♬　♬　♬

爾華被封殺了！

沈捷運用他在演藝圈裡所有的人脈與勢力，封殺了爾華所有製作唱片的工作機會。不管是唱片或是配樂，現在，爾華連一個工作機會都沒有。

即使學長在最短的時間內，運用所有的關係與門路去極力爭取和溝通，也沒有什麼用。

看來，沈捷是真的要將爾華逼上絕路。

「不好意思，學長。讓公司困擾了。」爾華皺著眉頭道歉。

一連幾張唱片和配樂的解約讓公司損失慘重，學長的臉色也好看不到哪兒去。

「我實在想不通，你到底是怎麼跟沈捷槓上的？我以為『日落神話』把你從監製工作撤換掉，這件情就結束了。沒想到後續更嚴重，根本不讓你有生存的空間嘛！」學長煩躁地猛抽菸。

爾華沉默不語，他當然知道事出有因，也當然明白導火線是什麼。樂樂在第一時間已經通知他了，只是沒想到，沈捷的動作這麼快。

短短幾天之內，幾乎就要斷了他的生路。

「跟樂樂有沒有關係？」學長畢竟在演藝圈打滾多年，怎麼會嗅聞不出絲毫的不對勁呢？

爾華一逕低著頭不回答，他不想把樂樂扯進來。

「爾華，學長看起來像笨蛋嗎？我知道你是想保護樂樂，不讓她受到這件事情的影響。」學長嘆口氣，把手中的香菸捻熄。

「現在是你出狀況，難保接下來不會是樂樂。」

學長一番話提醒了爾華。

他抬起頭看著學長，眼神中都是焦慮。「學長，依你看，該怎麼做最好？」

學長沉吟片刻，「沒辦法，我們鬥不過沈捷。現在，只有聽話這一條路了。」

「聽話？什麼意思？」

「跟樂樂溝通，要她好好配合拍完這齣歌舞劇，不管是吻戲、床戲，只要不再惹惱沈捷，過段時間，他回香港去了，或許對你就不會有太大的影響力。畢竟，你是靠實力闖蕩出今天的成就，一般唱片公司和製作公司應該不會為難你太久。你覺得如何？」

爾華心裡明白學長這番話是有道理的，卻有著複雜的感受。

他真的不願意讓樂樂遭受到絲毫的委屈與勉強。

可是，如果樂樂硬要跟沈捷對抗，接下來，受到傷害的，就一定會是樂樂。

他不能讓樂樂在正要發光發熱的時候，成為一顆殞落的流星。

「我同意，很有道理。」爾華的語氣虛弱。

「那麼，你要幫助我。除了我跟范堅，你也必須從旁協助去說服樂樂。你知道的，她是個脾氣很強的女孩！」

爾華無奈地點點頭，起身走出辦公室。

「爾華，請你體諒公司的處境。也多想想你跟樂樂的未來。好嗎？我想，這是目前唯一能做的事情了。」

學長在爾華走出門外的前一刻，對他這麼說。

爾華除了點頭，似乎再沒別的能做了。

VOL.10 〈愛情樂曲第十章〉——

天鵝之歌

整整有一個星期，樂樂在爾華的生活裡像是斷了線的風箏，有段時日未見的谷莉適時地填補了爾華生活裡的空檔。

谷莉是個主動而大方的現代新女性，她坦率地表達了對爾華的欣賞，也不避諱地常到工作室探訪爾華，在爾華尚未察覺她的情意之下，不排斥也不拒絕的態度，讓谷莉更為積極地試圖接近爾華的感情世界。

這一天，谷莉按照往常的習慣，在攝影工作結束後，拎著一袋宵夜前往爾華的工作室，正巧遇上剛要回家的爾華。

「谷莉？妳又帶宵夜給我吃啊？真是不好意思。」爾華穿著一套休閒服，神采奕奕地向谷莉打招呼。

谷莉笑得開心，小跑步地迎向爾華。「是啊！我擔心你又沒吃晚餐，今天的宵夜是剛出爐的小籠包，還有一大杯珍珠奶茶。我可是特地找了賣台灣美食的餐廳買的哦！」

看著谷莉高高揚起的那袋宵夜，爾華有點歉疚地：「可是，我正要去樂樂的公司，得討論她的下一張唱片，恐怕沒時間陪妳吃宵夜了……」

「這樣啊……」谷莉的臉色僵了一下，迅即恢復往常的開朗。「沒關係啦！工作比較重要。這樣吧，讓我搭個便車，我就住在外灘那一帶，離殷小姐的公司好像很近？」

「那有什麼問題？走吧！」

爾華神色中因為趕著赴約的那抹期待和愉悅，就算是瞎子也看得出來那是因為正在熱戀的緣故，谷莉失望地想著，若是那個表情是因她而來，該有多好？

沒有人料到，上天給爾華與樂樂的愛情考驗之一，正巧也是命運之神給谷莉的一個小機會……

♬ ♬ ♬

來到爾華的病房前，樂樂怯生生地舉手敲門，然後推開房門，卻被眼前的景象震懾得一時說不出話來，一股打從心底泛起的酸楚，正覆蓋著她的理智。

右手裹上石膏的谷莉坐在爾華身畔，兩人在病床邊有說有笑地聊得正好。

「樂樂？妳怎麼來啦？」爾華訝異地看著樂樂，眼裡的笑意更深。

谷莉雖然驚訝，卻並不扭捏，趕忙站起身向爾華的學長和樂樂打招呼。「哈囉！我是谷莉。我來串門子跟爾華聊天的。」

學長沒注意到樂樂表情中的異樣，打趣地說：「真沒看過感情這麼好的傷患，一起出車禍就算了，竟然連住院時也這麼形影不離噢？」

「一起出車禍？」樂樂盯著爾華猛瞧，聲音乾澀得幾乎不像自己的。

「是啊，就是我要去找妳的那一天夜裡，我跟谷莉在外灘附近遇到連環大車禍了，妳說倒不倒楣？這位就是我在鼓浪嶼認識的新朋友，谷莉。我跟妳提過的。」

爾華也沒意會到樂樂心裡的介意，「樂樂，很高興妳來看我……」

「你……」樂樂被胸口那股冉冉上升的苦澀堵得說不出一句話來。

他怎麼可以在赴她的約的同時，還載著別的女人一起出車禍？怎麼可以這麼若無其事地在她面前介紹跟他一起出車禍的女人？

「你們……為什麼一起出車禍？」樂樂隱忍著情緒，不著痕跡地問著。

「噢，我是搭爾華的便車回家，我就住在外灘。」谷莉並不正面說明，眼神裡有一抹惡意的調皮。

「搭便車？」樂樂疑惑地看著她，也看著爾華。

「谷莉她……」爾華聞到了一絲詭譎的氣氛，終於遲鈍地發現，谷莉對他的好，也許會讓樂樂覺得不舒服。

鼓起勇氣，爾華還是照實說了：「谷莉有時候會順路送宵夜給我，她常配合的一家攝影公司在我工作室附近。」

「送宵夜？」樂樂覺得眼前有一大朵烏雲正緩緩地飄向她，忍不住語氣尖銳地說道：「看來你學長說得沒錯，兩位感情還真好。」

爾華趕緊澄清：「樂樂妳別誤會，谷莉只是有空時過來找我一起吃宵夜，並不是……」

樂樂卻一把打斷：「你沒必要跟我解釋這些！你當然有你交朋友的自由。」

「我……」爾華急著說明，卻讓樂樂給堵得說不出話來。

不管這是不是一場誤會，看來，爾華是很難安撫眼前情緒激動的樂樂了！

「殷樂樂小姐，我跟爾華的確只是朋友。出車禍那一天，我只是碰巧搭上他的便車，我非常清楚他有多麼開心要去赴妳的約。」谷莉不疾不徐地解釋著。

誰知道他們兩個這樣瞞著她偷偷見面有多久了？樂樂定定地看著爾華與谷莉兩人，眼神中有著不信任。

學長見氣氛不對，連忙跳出來當和事佬。「樂樂啊，妳別多想，爾華跟谷小姐真的只是朋友，平常我有空也會跟他們一起吃宵夜的。」

谷莉卻又補上一句：「爾華，女朋友吃醋了，還不趕緊解釋……」

「誰是他女朋友？」樂樂火氣很大，卻又突然想到自己其實沒資格也沒立場去質疑任何事，語氣軟了下來：「我……好奇罷了、多事罷了！」

爾華忍不住苦笑，若手上有把榔頭，不知道該敲自己的頭？還是敲敲樂樂的頭好？他的愛意有這麼不明顯嗎?!

樂樂一向性子很倔，此刻的她，除了倔，還是個充滿不安與嫉妒的小女人。「我不該來這一趟！對不起……」

樂樂看了爾華一眼，在任何人都來不及攔阻的情況下，難過地奔出病房。

「學弟，現在怎麼辦？」學長呆若木雞地愣了好一會兒，然後焦急不已。

爾華愣了愣，搖搖頭：「算了。我其實也不太知道她在生哪門子的氣！」

學長嘆口氣：「你有時候真的很笨……你好好休養，我回公司去了。」

送走了學長，谷莉明顯地察覺到，爾華的愉快心情，已經隨著樂樂的憤而離去一併消失。

谷莉坐在爾華病床旁的椅子上，看了他好一會兒：「看來，你真的不懂殷小姐為什麼生氣。那是嫉妒啊！大笨牛……」

「嫉妒？」爾華張大眼睛，然後擠出一個笑容。

「唉，我真是太大方了，居然把自己心儀的對象拱手讓人！」谷莉意有所指地看著他。

直到這一刻，爾華才意識到，也許谷莉對自己的關心與接近，並不全然出於一個朋友的立場。

「谷莉，我其實一直愛著樂樂。也許她還不明白這份愛有多麼深刻，但我始終相信，總有一天她也會深刻地體認到我對她的心意。」爾華聰明地不點破，只是淡淡地說出自己堅定的想法。

谷莉又豈是笨蛋？她笑一笑：「世上沒有絕對的事情，而我，是個不到達終點，永遠也不會明白終點有著什麼的人……」

爾華不回話，只是在心裡告訴谷莉：愛情裡的先來後到，並不全然以時間為評斷基準，而是心中那份認定等級的厚度。

他自己明白對樂樂的愛有多深，這便是答案了。

即使谷莉是個多麼美好的女孩，即使樂樂是多麼傻氣地懷疑了他的感情，依然無損他對這段感情的認定。

♬ ♬ ♬

受傷的右手影響了谷莉的攝影工作，出院後，谷莉繼續休養了一段時日，並且透過關係找到了樂樂，試圖替爾華解釋清楚這場誤會。

就在樂樂音樂歌舞劇開演的前三天，谷莉終於如願見著了樂樂。

「是妳？有事嗎？」樂樂在小楓的陪伴下走出排練室，訝異地看著谷莉。

「我知道妳很忙，所以我就長話短說了。」谷莉站起身表明來意。「我跟爾華真的只是朋友，就算有什麼男女之間的感情，也只是我單方面的。爾華他……他從頭到尾都很明白地讓我知道，他對妳的感情有多深。」

聽到這兒，小楓識相地讓她們兩人單獨對談，悄悄地回到排練室。

樂樂不置可否地拉了把椅子坐下，眼睛直盯著谷莉。

谷莉繼續說：「我們並不熟，這樣說也許有點冒昧。但是同為女人，我還是想給妳一些忠告。」

「哦？好啊！請說。」樂樂耐著性子。

「虛長妳幾歲，加上談過幾次還不賴的戀愛，我想對還像個小女生的妳說：愛一個人，最好、最有力的表現便是全然的信任。其實身為公眾人物的另一半真的很辛苦，但妳仔細想想，爾華有沒有因為妳的八卦流言而質疑過妳？有沒有任何一刻讓妳一個人去面對外界的攻擊？我相信沒有。」谷莉心平氣和地陳述著。

樂樂怔怔地聽著，幾度因為谷莉太過理直氣壯的態度與言談，想出言反駁或動怒，卻又無從辯駁。

「一定很多人都看見了爾華對妳的好，卻只有妳自己看不清嗎？那真的好可惜哦！如果妳真的認為爾華很可惡，真的決定了要放棄這段感情，那麼，我相信一定有好多女人會很樂意接替妳在他心中的位置，包括我。」谷莉笑著如此坦言。

話鋒一轉，谷莉又平緩地說道：「只可惜，在爾華心裡，妳是那個無可替代的唯一人選。在他不愛妳之前，誰也沒機會替代妳在他心裡的位置。」

樂樂終於吶吶地開口：「妳……妳為什麼要來跟我說這些？」

「因為我喜歡爾華，我不忍心看他一片深情被妳這麼誤會扭曲，甚至被妳這麼辜負！」谷莉拿起背包，轉身離去前拿出一封信給她，又對她這麼說：「這是他寫的信，看完後跟他談談吧！妳會自己應證我剛剛說的一切！」

樂樂怔怔地望著谷莉離去的背影，呆呆地坐著想了很久，終於決定展讀緊握在自己手中的那封信。

深呼吸一口氣，殷樂樂拆開信封，映入眼簾的是爾華熟悉的字跡。

樂樂：

我想了很久，始終想不透，現在既沒有戰爭，也不是世界末日，為什麼我們要讓自己經歷生離死別的痛楚呢？

沒有我，真的會令妳比較開心嗎？請妳仔細想想，若答案為是，我會接受失去妳的痛楚；若答案為非，請妳來到我身邊。

爾華

對啊！為什麼要讓自己的愛情走進生離死別的痛楚裡？樂樂在心底問自己。

那短短的幾行字，道盡了爾華的心意，樂樂皺著眉頭，開始惱怒自己的衝動與不成熟，心裡充塞著更多的是對於爾華的歉疚與思念！

樂樂想也沒想，揹起皮包就往爾華的工作室狂奔而去。

小楓在她身後看了猛發噱，自言自語著：「真是一對傻瓜！一定要這樣在愛情中飽受折磨後才能確定自己的愛嗎？笨死了！」然後拿起手機，給孫磊撥了通電話。

♬　　♬　　♬

望著空無一人的工作室，樂樂心慌意亂地四處翻找、張望，卻怎麼也感受不到爾華的存在。

所有的家具和樂器都還在它們原本的地方，只是少了爾華的呼吸、笑語，這地方竟顯得如此空曠寂寥！

他不要我了？他不要我了！樂樂在心底吶喊出絕望。

此時，學長推門而入，「爾華……他父親過世了，急著趕回台灣奔喪，至於還回不回來？我就不清楚了……」

樂樂聞言，心情複雜地癱坐在地上，久久不能成言。

學長拿出一張舒伯特的小夜曲給樂樂，「爾華要我轉交給妳，指定要妳聽第四首天鵝之歌，還附了歌詞。」

樂樂接過手，舒伯特的小夜曲她很熟，只是從沒注意到〈天鵝之歌〉的歌詞！她將歌詞攤展開來，爾華熟悉的字跡在眼前展開——

我的歌聲婉轉輕盈，冒夜求求你。

乘著萬籟寂靜無聲，愛人來就我。

柔枝輕搖，切切私語，在那月光下，在那月光下，縱使有人窺探竊聽，愛人，別害怕！愛人，別害怕！

你可聽見夜鶯的歌聲向你懇請？

牠用甜蜜訴求的聲音代我向你懇請。牠瞭解我心的痛苦，愛的深情，愛的深情。

牠用牠那銀鈴般的聲音，感動一切心，感動一切心，也應感動妳的芳心。

愛人，請靜聽，我期待妳至於心震。

來吧！愛人！

來吧！愛人！來安慰我。

樂樂泣不成聲，不懂自己怎能對爾華的愛視而不見這麼久?!

♬ ♬ ♬

在孫磊的陪同下，王月霞來到樂樂與小楓的住處，她的臉色鐵青，除了長途旅行的跋涉，還有對樂樂的擔憂。

客廳桌上攤擺著被揉成一團的報紙，斗大的頭條標題寫著：「才女歌手身價上看千萬，富豪不惜爭相邀約吃飯！」接著便是幾張樂樂被拍到與富商們進出高級俱樂部的照片。

這陣子，樂樂因為爾華的離去，整個人的活力彷彿也被抽乾了。

新唱片的籌製、音樂歌舞劇的規劃都險些停擺，要不是有合約逼著走，樂樂的工作態度幾乎呈現一種停滯的狀態，簡而言之就是她不在乎了！

樂樂不在乎自己是不是當紅才女歌手，不在乎自己在媒體和大眾面前是什麼形象，更不在乎自己的行情身價，沒了爾華的支持，樂樂覺得自己根本一無是處！

於是，對於范堅一再利用自己四處找金援、談投資的種種惡行，樂樂也不再抵抗，范堅要她做什麼，她都照辦！幾乎是夜夜笙歌，打扮的美美的，有飯就吃、有酒就喝，講好聽點是應酬，講難聽點跟生張熟魏的公關小姐也沒什麼不同。

就連樂樂一向厭惡的沈捷，居然也成功約會樂樂好幾次，種種八卦耳語四起，媒體只差沒挑明將樂樂列入為求成名不惜一切代價的拜金女藝人名單，但也明示得夠清楚了！

小楓在一旁看了心急，也阻擋過幾回，但樂樂總以自己當初等於簽了賣身契給范堅，除非合約到期或解約，否則，能不照辦嗎？

久而久之，眼尖的媒體也發現不對勁了，不需要趙虹之輩出面爆料，自然會有傳媒等著挖糞，樂樂開始一再傳出負面新聞。

范堅急著到處滅火，樂樂卻始終一副無所謂的態度，甚至當著媒體鏡頭故意放話：「大家不知道演藝圈都是這樣的嗎？有新聞就是好新聞，沒什麼大不了的！」

這下子，連遠在鼓浪嶼的親友們都不得不替樂樂擔憂了。

王月霞與小楓聯絡過後，決定親自來一趟上海，她不能任由唯一的掌上明珠這樣蹧蹋自己！

小楓剛睡醒，看著王月霞指了指樂樂的房門，然後依著孫磊靠牆佇立。

王月霞一把推開房門，只見樂樂整個人癱睡在紊亂的床榻上，瘦得只剩巴掌大的小臉蒼白憔悴，再也不是大半年前那個她親自送出家門的寶貝女兒！王月霞心痛極了，雙手扯住棉被一扯、一抖，瞬間喊醒了樂樂。

樂樂揉揉眼睛，朦朧間，還以為自己墜入時光的河裡，回到過去念書時期，每天清早總要媽媽掀開棉被喚醒她的時刻……

「媽媽？」樂樂猛然醒了過來，顧不得宿醉後的頭疼欲裂。

王月霞看著床頭櫃上煙灰缸裡的菸屁股，湊上前去嗅聞樂樂身上濃濃的酒味，頓時又氣又急，劈頭給了樂樂生平第一個巴掌：「妳居然學人家抽菸、喝酒？媽媽是這樣教妳的嗎？妳當初怎麼答應我的？」

樂樂輕撫著燒痛辣燙的右臉頰，卻帶著眼淚笑了：「會疼呢！媽媽……我總算還算個人，知道疼，懂得哭……」

一直與小楓站在樂樂房門外的孫磊，聞言難過地低下頭滿心不忍。

直率的小楓已經哭倒在孫磊懷裡，自責沒將好姊妹照顧好。

「我們回家，回家！」王月霞將樂樂抱個滿懷，豆大的淚水一顆顆滴落在樂樂頭頂，灼痛了樂樂的心。

樂樂好想點頭，可是她還有合約在范堅手裡，還有不得不履行的表演工作等著她完成。

回家，成了一個看似簡單實則艱難的心願……

♬ ♬ ♬

爾華跪倒在父親靈前，來不及見父親最後一面的遺憾，讓他泣不成聲。

「爸，我回來了……不孝子回來了……爸，你張開眼看看我……爸，你罵罵我……爸！」

爾華放聲大哭，旁人怎麼勸也勸不住他。

他好悔恨，過去的叛逆，不知道曾經怎麼傷了父親的心？好不容易他與父親的關係改善了，父親卻這麼走了……

「好了，爾華別哭了，爸爸會跟著難過的。」林陳婉蓉上前攙起兒子。

爾華與母親相擁而泣，想起再也挽回不了的一切，男兒淚怎麼也止不住。

除了懷中明顯消瘦、孱弱的母親，爾華不知道自己還擁有什麼？

♬ ♬ ♬

十二月的上海，有霧有雨，濕冷一片。

好不容易將媽媽勸回鼓浪嶼，樂樂開始與范堅之間噩夢般的周旋。

「要解約可以，拿出賠償金再說。」范堅是何等精明的商人啊！

樂樂盤算了自己的儲蓄，再怎麼走紅也不可能在短時間內湊足天價違約金，心一橫，乾脆擺明了要向媒體揭穿自己遭范堅逼迫參加富商應酬飯的內幕。

「少來！妳沒那膽子自毀前程。」范堅不相信樂樂真會選擇玉石俱焚。

可是樂樂真是吃了秤鉈。「我都想跟你解約了，難道還留戀演藝圈的五光十色不成？但你不一樣，你手底下還有多少人靠你吃這行飯，你要真垮了，他們怎麼辦？是不是？」

范堅索性耍賴：「我就來個抵死不認，妳再怎麼爆料也拿我沒轍啊！」

樂樂笑了起來，拿出口袋裡的錄音筆，「我真不想跟你學這招的……」同時按下播放鍵。

范堅的臉色刷地一下子慘白，那是幾天前他逼著要樂樂赴約的對談錄音！逼迫威脅的事實很明顯……

惱羞成怒的范堅上前搶了過來，將錄音筆狠摔在地上還補了幾腳。

樂樂卻站起身冷冷地說：「踩吧！我那兒還多的是……」

評估了利益得失，范堅不得不同意與樂樂解約。他也算想得開，大中國有多少優秀人才？很快就能再找到另一個樂樂，沒必要賭上自己在這行的名聲。

「妳好啊，倒是學盡了我沒教妳的，也算不枉費我栽培妳一場……」范堅苦笑著送走了樂樂。

順利解決合約問題後，樂樂一路失神地回到家，她呆站在窗前，望著窗外突來的大雨發怔。

玻璃窗反射出樂樂的容貌，還未洗去的鉛華讓樂樂幾乎認不出自己的容顏。

她不該是這模樣！不該是這副濃妝豔抹的模樣……

樂樂想起爾華，想起那段在鼓浪嶼的日子，心裡為之一震，領悟了似地，轉身跑出家門，跑進微亮的天光中，跑進滂沱的大雨裡，讓傾盆而下的雨水洗去她臉上厚重的妝容，也洗去她這段時間以來的迷失。

結束了，不論結局為何，樂樂總算為自己這段有喜有悲的追夢之旅寫下一個休止符！

♬　♬　♬

樂樂回家了，最開心的莫過於媽媽王月霞。

「回來就好、回來就好。還年輕，多的是重新再來一次的機會……」媽媽如是說，樂樂也覺得很有道理。

可是，她同時也清楚明白，人生能重來的機會並不多，尤其是一份真愛，錯過了就是錯過了……

樂樂來到「愛情島」，徘徊了好久，依舊高掛的招牌、大半陌生的服務員臉孔，讓她不確定「愛情島」是不是早已易主？

躊躇了半晌，樂樂還是推開了門，走進去看見還在吧台裡的海克，這才真正安了心，沒說什麼地上了演奏台，從口袋裡掏出一張發皺泛黃的曲譜草稿，雙手巍顫顫地貼著黑白琴鍵彈奏了起來。

樂樂奮力地彈著，即使雙手的確不再像以往那般靈巧，琴聲卻無比動人，坐滿了客人的「愛情島」裡一片靜謐……直到樂樂停止彈奏！

「對不起，這曲子只能演奏到這兒……」樂樂拂去滿臉淚水，「因為譜曲的那個人忘了譜完……我也一直沒有勇氣、沒有福分讓他接續下去……」樂樂打住，順了順呼吸又說：「我花了很長一段時間，才明白我對那個人的愛……但，這是一段沒有開始也沒有結束的愛情樂章，終曲為何？我再也沒有機會知道……是我這一生最大的遺憾……」

樂樂話還沒說完，一雙強壯的臂膀從她身後圈住了她，然後接續著彈奏……樂樂摒住呼吸，小心翼翼地換氣，深怕太過用力，自己就要從夢中醒來！

是夢吧？這味道、這溫度是如此的熟悉……

那曲子未曾聽過，是夢吧？是夢中才有的情節吧？

直到曲子結束，爾華的聲音真真實實在耳邊響起，樂樂才欣喜地確定這不是一場夢！

「對我來說，這段愛情早已開始，終曲也早就寫在我心裡……我沒有離開，從來沒有離開妳……」爾華從樂樂身後緊緊地將她圈在懷裡。

樂樂轉過身凝望著爾華，整個世界再與她無關，爾華就是她的一切！

「還記得藍色月亮嗎？」爾華輕輕吻上樂樂的髮梢。

樂樂點點頭，無聲歡喜。

「終於能看見了……十二月三十日，鼓浪嶼看得見藍色月亮呢！」爾華順著樂樂的額頭、鼻樑，一路來到纓纓紅唇。

樂樂欣喜問道：「十二月會出現第二個滿月？藍色月亮！真的嗎？」

「是，代表著美夢成真的藍色月亮，我們將在鼓浪嶼遇見。一如我們彼此遇見在愛情島……」

在眾人的見證與祝賀下，爾華以一個吻封緘，許下對樂樂一生一世的愛戀。

〈完〉

【看浪花淘英雄 向帝王學智慧】

少年秦始皇

一個邯鄲城裡的巨賈為何在一個落難王孫的身上下賭注？

自喻德比三皇、功蓋五帝的秦始皇到底是王室之胄，還是商人之子？

「嬴政」剛出生的時候為什麼叫「趙政」？

母親為什麼要密謀策劃推翻他？

他又為什麼對本該敬愛有加的「仲父」充滿怨恨？

人性與欲望的較量、情感與倫理的衝突，智慧與權謀的爭鬥。

君王的霸氣、權臣的跋扈、女人的柔情，在刀光劍影的爭霸歷程中，少年天子橫空出世，書寫了一段波瀾壯闊、蕩氣迴腸的歷史傳奇。

少年漢文帝

本書以傳記的形式，著重講述了漢文帝劉恒生於帝王家、長於憂患中，少有大志、含蓄隱忍、蓄勢待發、終登帝位的成長過程，記述了一個少年在紛紜複雜的政治環境中顯現的堅毅、中庸和美的心路歷程。

關於漢文帝的繼位，眾說紛紜。有人認為他的繼位帶有很大的偶然性，是撿來的皇帝位，是呂后專權的結果，若非呂后除去了漢高祖劉邦的六個兒子，無論如何也輪不到劉恒當皇帝。

但事實真是這樣嗎？偶然之中永遠孕育著必然，讀了本書，你也許就會明白，劉恒的繼位，絕不僅僅只是偶然。如若不信，就請打開本書，追隨漢文帝青少年時期走過的腳步，探索他一步一步走向皇位的內在軌跡吧！

耗時近十年　精裝歷史典藏寶庫

兩岸學者聯手特別推薦

台東大學人文學院院長 林文寶

中國人民大學徐悲鴻藝術學院教授 黎晶

佛光大學文學系教授 陳信元

大陸名作家 黃國榮

翰林國高中國文教科書主編 宋裕

少年漢武帝

西元前156年，劉徹出生了，他是漢景帝劉啟的第十個兒子，生逢盛世，貴為天冑，他盡可以享受先輩們積累下來的豐厚資產，過著安穩無憂的日子，可是劉徹沒有。這個注定不凡的生命一開始就有著更博大的使命，他勵精圖治，求新圖變，將漢家王朝推向了另一個嶄新的、幾無可比的高度，他確立了封建君主專制的根基，成為中國最成功的帝王之一。

漢武帝劉徹到底如何走向成功的呢？所有的傳奇故事都可以在幼年時候找到端倪，從他神奇的出生開始，從他好學求進的少年時代開始，這個少年一步一步從普通的皇子走上了高高在上的皇位，掃平了一切的阻礙，按照自己的心願改造整個世界，奠定了一個帝國空前的偉業。本書將追隨著他少年的腳步，一步一步探尋他成長的足跡，回顧他成功的精神奧秘和思想源泉，將最真實的他展現在人們面前。

少年唐太宗

火樹銀花中戎馬倥傯，刀光劍影裡豪氣沖天。

他的一生，金戈鐵馬，叱吒風雲。應募勤王，嶄露頭角，於百萬軍中單騎救父，揚威沙場；勸父晉陽起兵反隋，成為獨當一面的大將軍。

亂世紛紛，反王並起，隨父舉義，剿滅隋王朝，扶助其父李淵創建了大唐帝國。長纓在手，平定諸多反唐勢力，居功至偉，玄武門一戰，棋高一招的他終於登上了九五之尊的寶座。

他憑藉英主明君的襟懷眼光，細膩入微的計策與決謀，自如調配各種勢力，化敵為友為我所用，既能左右逢源也能翻雲覆雨，從而締造了貞觀大治的絕唱。

現在，就讓我們穿越時空，走進唐太宗李世民的少年時代，去感受其間的歡笑和淚水，溫情與殺戮……

關於作者

南宮不凡

自小學五年級暑假無意中看到《三國志》，開始對歷史產生莫名狂熱，國一時已經讀完柏楊版《白話資治通鑑》與《二十四史》。

白天是認真負責的科技公司小主管，晚上化身成為歷史名人研究專家，對於古今中外的名人有相當專精而獨到的看法。

對於中國帝王學尤其偏愛，耗時近十年，在繁浩的歷史典籍史料、民間流傳軼事中去蕪存菁，經過反覆的消化、整編，運用古典小說形式，完成秦始皇、漢文帝、漢武帝、唐太宗、宋太祖、成吉思汗、明太祖、康熙、雍正、乾隆、孫中山、毛澤東等十二位深具特色的領袖人物少年時代的風雲變幻。

書中每一位主宰歷史的偉大人物，都蘊藏著一部感人至深的故事。書中將這些領袖人物的親情、友情、愛情，以及自身對命運的努力和追求都融入到了扣人心弦的故事情節當中。

閱讀這套書，猶如看到書中主角的音容笑貌、言談舉止，感受他們的理想、信念、胸懷、情操，對我們學習如何做人、做學問、做事業都有很大的益處。尤其對於準備高飛人生的青少年朋友來說，這些故事除了好看之外，更是擴大胸懷、啟迪人生的最佳朋友。

少年趙匡胤

宋太祖趙匡胤出生時就充滿了傳奇的色彩，紅光盈室，異香繞梁，被取名為「香孩兒」；抓週之日選中了寶劍，似乎在預示著這個小小男嬰不同凡響的未來。
為了實現理想，他流浪江湖，在華山弈棋當中，參透了冥冥中暗含的天機。
古寺之中，他行俠仗義，偽裝神木顯靈，沒想到卻引來了真龍現身。
扶危濟貧，兒女情長，少年英雄不遠千里送京娘。
雪夜訪趙普，一代明君慧眼識英才。
陳橋兵變，杯酒釋兵權，他的政治謀略何其了得！
從宮廷計謀到沙場征戰，從熱血豪情到兒女幽怨，從江湖險惡到佛蹤道影，精彩緊湊的情節，本書將一一為您呈現。

少年成吉思汗

他手握凝血而生，是上天注定掌握蘇魯錠長矛的戰神；
他是蒼狼白鹿的後代，是草原上永不落的圖騰。
他成就一個民族的輝煌，創造了一個種族戰無不勝的神話。
然而，
這個被稱為「一代天驕」的蓋世豪傑，卻歷經了無數的艱險與磨難：
童年喪父，部眾離散；
隨母流浪，嬌妻被擄；
仇敵追殺，義兄反目。
……
讓我們穿越時空的隧道，伴隨著馬刀和狼煙，來結識這位百折不撓，終成霸業的少年英雄——鐵木真。

少年朱元璋

朱元璋與好友親見元軍暴行，痛恨非常，忍不住火燒元軍營地，遭到追殺，他們該如何逃脫此劫？

朱元璋好心救人，誰知對方卻是山賊頭目，他因此被舉報到官府，面臨危機，他應該怎麼做呢？

天災人禍，父母長兄接連病故，朱元璋身單力薄，走投無路，投入寺院為僧，誰知道一場瘟疫，寺廟缺糧斷炊，他被迫出外遊方，艱難世道，他能找到生存的希望嗎？

天下大亂，紅巾軍起義轟轟烈烈，朱元璋脫下僧衣，投入了造反的行列，但紅巾軍內部明爭暗鬥，各不相讓，身處風口浪尖，朱元璋倍受猜疑，他能安然度過危機嗎？

少年康熙

七歲的玄燁登上帝位，四臣受命輔政，但輔政四大臣各懷心機，互相攻擊，滿漢矛盾加深，天算案爆發，湯若望受牽連入獄，朝政危機四伏，年幼的小皇帝該如何是好？

首臣索尼病故，鰲拜逼死蘇克薩哈，收服遏必隆，一手掌握朝政大權，他日漸驕奢，金殿示威，要脅幼主，玄燁年少勢孤，忍讓退避，他會成為第二個漢獻帝嗎？如何做才能全身而退，擒下鰲拜？

三藩勢力日增，成尾大不掉之勢，玄燁到底該不該削藩？削藩之事提上日程，三位藩王或進京探路，或退守老巢，各懷鬼胎，朝臣為求自保，多半反對削藩，平靜中山雨欲來，玄燁又能不能獲得支持，順利削藩？

少年雍正

雍正個性鮮明，行事果斷，只是本性急躁、喜怒不定。為此，父親康熙多次批評教育他。為了改正缺點，他參佛修性，刻苦磨礪，書寫「戒急用忍」的匾額掛在房中，日夜觀摩，以求改進。19歲時，雍正跟隨父親征討噶爾丹，掌管正紅旗大營，他參議軍事，得到了鍛鍊。就在他透過讀書、實踐不斷進步之時，清宮內矛盾叢生，康熙和太子之間、太子和眾多皇子之間，為了爭奪儲位，展開了你死我活的鬥爭。

本書將為您一一呈現雍正少年時代的精彩故事，讓您看到一位誠孝遵禮、性情剛直、疾惡如仇、聰明好學的皇子形象，從中感知成長的快樂和艱辛。

少年乾隆

康熙帝有三十多個兒子，九十多個孫子，許多孫兒他甚至連見都沒有見過，為何弘曆卻獨得他厚愛，帶入宮中親自教導，這其中有什麼緣由嗎？

父親雍親王登基即位，將弘曆送到了風口浪尖。兄長弘時嫉妒他得寵，為爭儲位，暗起殺心，弘曆孤身在外，他要如何逃過這一劫呢？

年羹堯功高自傲，不知檢點，終受彈劾，弘曆為之求情，卻惹得父親大怒，他的地位是否不保？他又能救下年羹堯嗎？

弘曆私訪民間，卻無意間得知了考場弊案。他微服趕考，究竟能不能一探究竟，將事情調查個水落石出？

雍正崇佛論道，寵通道人，弘曆卻直言進諫，計懲奸道人，再次觸怒父王，這次，他又會遭到怎樣的懲罰？

奉旨辦差，弘曆初下江南，他洞察民情，大度包容詆毀和尚，智懲貪官，這些又是怎樣的故事呢？

國家圖書館出版品預行編目資料

遇見愛情島／余家安著.
——第一版—— 台北市：宇河文化出版；
紅螞蟻圖書發行，2010.11
面　　公分——(典藏小說；13)
ISBN 978-957-659-816-6（平裝）

857.7　　99021990

典藏小說 13

遇見愛情島

作　　者／余家安
美術構成／Chris' office
校　　對／鍾佳穎、周英嬌、余家安
發 行 人／賴秀珍
榮譽總監／張錦基
總 編 輯／何南輝
出　　版／宇河文化出版有限公司
發　　行／紅螞蟻圖書有限公司
地　　址／台北市內湖區舊宗路二段121巷28號4F
網　　站／www.e-redant.com
郵撥帳號／1604621-1　紅螞蟻圖書有限公司
電　　話／(02)2795-3656（代表號）
傳　　眞／(02)2795-4100
登 記 證／局版北市業字第1446號
港澳總經銷／和平圖書有限公司
地　　址／香港柴灣嘉業街12號百樂門大廈17F
電　　話／(852)2804-6687
法律顧問／許晏賓律師
印 刷 廠／鴻運彩色印刷有限公司
出版日期／2010年 11 月　第一版第一刷

定價 220 元　港幣 73 元

敬請尊重智慧財產權，未經本社同意，請勿翻印，轉載或部分節錄。
如有破損或裝訂錯誤，請寄回本社更換。

ISBN 978-957-659-816-6　　Printed in Taiwan